*Joan Manuel Gisbert*

# *La frontera invisible*

Finalista del Premio Gran Angular 1991

ediciones sm Joaquín Turina 39 28044 Madrid

Colección dirigida por **Jesús Larriba**

*Primera edición: mayo 1992*
*Segunda edición: octubre 1992*
*Tercera edición: julio 1993*
*Cuarta edición: junio 1994*
*Quinta edición: enero 1995*

Diseño de cubierta: *Estudio SM*



Comercializa: CESMA, SA - Aguacate, 43 - 28044 Madrid

ISBN: 84-348-3746-3
Depósito legal: M-685-1995
Fotocomposición: Grafilia, SL
Impreso en España/Printed in Spain
Imprenta SM - Joaquín Turina, 39 - 28044 Madrid

# 1 *Dos intrusos en una función nocturna*

GERMAINE Fox, exquisitamente maquillada como una gran dama del teatro, estaba sola en el escenario. Su vestido estilo imperio, en azul y blanco, no acusaba las más de cien representaciones que había soportado.

El telón estaba alzado. Contra lo habitual, el escenario iluminado tenía enfrente un patio de butacas desierto y oscuro y unos palcos despoblados.

La actriz ocupaba una regia butaca en la zona izquierda del espacio escénico. A su alrededor, muebles y decorados configuraban un salón cortesano. Pese a estar ella sentada, se advertía su porte elegante, sus agraciadas facciones, la esbeltez de su figura y el atractivo de sus largas manos. Sus brazos reposaban sin tensión y su cuello, aunque erguido, sugería una gran flexibilidad. Era sabido que Germaine Fox se sometía a la disciplina de la danza.

Dos hombres se introdujeron furtivamente en uno de los palcos más alejados del proscenio. Al amparo de la oscuridad, contemplaron a la Fox con inquieta fascinación. Sobrecogidos, hasta creyeron percibir a distancia el suave movimiento de su busto al respirar. Ella no podía verlos y, sin embargo, los dos intrusos se ocultaban.

Las pesadas cortinas que cerraban el acceso al patio de butacas se entreabrieron para dar paso a un grupo de personas. Los ojos de Germaine Fox se dirigían hacia el fondo de la sala. Pero no miraban a los recién llegados.

Los nocturnos visitantes avanzaron lentamente, con visible respeto, por el pasillo central y por los laterales. Luego se detuvieron, como para apreciar mejor todos los detalles del escenario, y continuaron andando de modo más rápido a favor del pronunciado declive de la sala.

Por entre los que habían acudido al teatro se movía torpemente un hombre desaliñado. Podía ser tomado por un acomodador que hubiese descuidado su aspecto y su indumentaria. Ofrecía confusas explicaciones acerca de lo que podía verse en el escenario.

No obstante, sus comentarios apenas eran escuchados. No era aquélla noche de propinas y programas de mano. Todo discurría por otros cauces.

Al llegar frente a las candilejas, los espectadores, quietos y callados, pudieron observar de cerca a la majestuosa actriz que los ignoraba desde las tablas. Parecía como si una misteriosa función fuese a comenzar sin darles tiempo a ocupar las butacas.

Pero no hubo movimientos de luces ni de decorados. La Fox continuó inmutable y altiva en su sitial. Nadie quiso romper el indefinible encanto.

Pasados aquellos momentos en que los ánimos estuvieron suspendidos del aire, ocurrió algo contrario a las reglas del teatro. Dos de los visitantes subieron por una escalerilla lateral camuflada entre cortinajes e invadieron el escenario. Los demás esperaron abajo, atentos y expectantes.

Germaine Fox no reaccionó ante la insólita profanación del recinto privilegiado de la escena. Quieta e impávida, dirigía la mirada al fondo, por encima de todos los que la contemplaban.

A instancias de los dos hombres que habían subido al escenario, un tercero, provisto de una cámara fotográfica, lo hizo también. Era el momento de la instantánea para la posteridad, la que guardaría recuerdo perdurable de aquel momento sin igual.

Tras hacer un ligero ademán hacia la Fox, como en demanda de un permiso que agradecía de antemano, el fotógrafo plantó su trípode a escasa distancia.

La actriz no parpadeó ante el fogonazo de magnesio. Alguien pensó entonces, irónicamente, que sus ojos estaban acostumbrados a la deslumbrante iluminación de los escenarios.

Cuando uno de los hombres se acercó más a su butaca, el cuerpo de Germaine Fox se movió de pronto. Fue un cambio de postura limpio y rápido, sin vacilaciones. Quedó inclinada hacia la izquierda. Su mirada apuntaba ahora a lo alto, a los telares. La nueva colocación de la cabeza dejaba al descubierto su blanca y grácil garganta y, en ella, la línea azul que indicaba que había sido estrangulada.

Eran casi las cuatro de la madrugada del 2 de junio de 1899. La última función de la temporada había concluido a las once menos cuarto.

Charles Herbau, el subprefecto de policía, rompió abruptamente el silencio junto al cuerpo inanimado:

—¡Ni hecho a propósito para alimentar el sensacionalismo y el escándalo: asesinato de una actriz en un teatro! No quiero que se sepa de esto ni una palabra, ¿entendido?

Nadie respondió, pero otros dos policías subieron al escenario. Las demás personas continuaron abajo. Una mujer joven sollozaba. El individuo de aspecto desastrado se dejó caer en una butaca.

CON EL FIN DE NO SER VISTOS, los dos hombres que atisbaban desde un palco estaban agachados. Celebraban un sigiloso conciliábulo:

—La persona que buscamos debe de estar mezclada con los miembros de la policía. Sería conveniente que nos fijáramos en todas las caras.

—Es muy difícil: los tenemos a casi todos de espaldas.

—Tratemos de adivinar quién puede ser. Si no me he descontado, hay once personas: ocho hombres y tres mujeres.

—Hay que descartar al que ha hablado. Es el subprefecto.

—El fotógrafo tampoco cuenta.

—A menos que se trate de un disfraz.

—No creo que lleguen a tanto.

Un rostro asomó por entre los cortinajes que había a sus espaldas. Los dos hombres tuvieron un ligero sobresalto.

—Lombard, casi nos ha asustado.

El aludido, con voz susurrante, anunció:

—El juez y el forense van a llegar de un momento a otro. De ningún modo deben verlos aquí. Y no digamos el subprefecto: si se da cuenta, se acabó mi buena estrella. No se dejen ver por nada. En cuanto entren las dos autoridades que faltan, ustedes se van y nunca habrán estado aquí.

—De acuerdo —convino uno de los agazapados—. Pero, díganos: la persona que nos interesa, ¿se encuentra en estos momentos en el teatro?

—No puedo asegurarlo. Hay mucha gente, no sólo de la policía. Están el administrador del teatro y varios miembros de la compañía. No los conozco a todos —añadió, evasivo, para acabar apresuradamente diciendo—: En cuanto haya vía libre vendré a avisarles.

Tras la desaparición de Gaston Lombard, los dos intrusos continuaron como estaban, quietos y agachados. No podían ver nada, pero oían lo que se hablaba en las proximidades del escenario. La acústica del local era perfecta:

—Estoy segura, yo la vi cambiarse —aseguraba entre sollozos una joven voz de mujer—. Iba retrasada, como casi siempre: solía ser la última en marcharse. Pero cuando me despedí de ella, ya llevaba la ropa de calle.

—¿Por qué se pondría Germaine Fox otra vez el vestuario de escena? —se le oyó preguntar al subprefecto.

—No puedo imaginarlo.

—Con esa indumentaria de época no podía salir a la calle. ¿Esperaba a alguien?

—No lo dio a entender.

—A lo que parece, se volvió a vestir para la escena tras haberse puesto ya su traje de calle. ¿Tal vez para hacer un ensayo a solas?

—No me cabe en la cabeza. Era fin de temporada. ¿Para qué iba a ensayar nada? No, imposible.

—Pues alguien entró y la encontró caracterizada para una función privada. Y ese alguien la mató. Bien, señorita, gracias. Espere con los demás. A ver, ese hombre, el vigilante, ¿puede tenerse en pie?

—Sí, señor subprefecto, aquí estoy —repuso el hombre de aspecto desastrado, levantándose en el acto de la butaca donde se había dejado caer.

—Venga acá. ¡Deprisa! Ya. Así está bien. No se acerque más. Su aliento es una exhalación de vino barato. ¿A quién vio entrar?

—A nadie. Lo juro, excelencia.

—¡Claro! En su estado, no habría visto entrar ni a un regimiento.

—Pensé que no quedaba nadie dentro. Todo estaba oscuro y tranquilo. Sí, bebí. No suelo hacerlo, pero era una noche especial. A mi manera, celebraba la última función de la temporada. No tengo nada que ver en lo que ha pasado. Lo juro, excelencia.

Con estentóreo menosprecio, el subprefecto afirmó:

—Su testimonio no nos sirve de nada. Es como si este tipo no hubiese estado aquí. El asesino ha podido entrar y salir sin impedimento alguno y, encima, sin riesgo de ser reconocido. ¡Más no podía pedir!

Cada vez más asustado y balbuceante, el guarda nocturno arguyó:

—¿Cómo podía yo saber, excelencia, que algo tan... tan terrible iba a ocurrir en una noche tan... tan...?

—Aléjenlo de mí —tronó el subprefecto—. Su aliento acabará por producirme arcadas.

Dos nuevos hombres, vestidos con severidad, hicieron su entrada por el patio de butacas. El subprefecto, como un actor que se dispusiera a declamar un monólogo, avanzó teatralmente hacia el proscenio. Dirigiéndose a los que acababan de entrar, dijo:

—Señores, parece que nos enfrentamos a una mala racha: otro asesinato de titular a toda plana. Y con víctima famosa, para acabar de arreglarlo: Germaine Fox.

Los recién llegados subieron enseguida al escenario. Uno de ellos, con la frialdad profesional de quien asiste a algo que sólo en parte es de su incumbencia, ironizó:

—¿No es deseo de todos los actores que la muerte los sorprenda en escena?

—Puede que sí, señor forense —replicó el subprefecto—. Pero no de esta manera. No ha habido ovaciones tras su muerte. La sala estaba vacía. A lo que parece, solamente la acompañaba el asesino.

Moviéndose como una sombra, Gaston Lombard apareció de nuevo en el palco donde los dos intrusos se agazapaban, y les susurró de manera apremiante:

—Ahora. La salida está despejada. Hay un hombre de guardia, pero es amigo. No dirá nada. Señores, por favor.

Los dos aludidos salieron cautelosamente de su escondrijo y, precedidos por su acompañante, avanzaron por la oscuridad del pasillo de palcos de preferencia. Uno de ellos preguntó en voz baja:

—¿Ha podido averiguar si la persona en cuestión está con las demás cerca del escenario?

—Necesitaré más tiempo para identificarlos a todos. Tengo que ir con mucho cuidado.

Atravesaron el desierto vestíbulo y pasaron ante un policía uniformado que fingió no verlos. Una vez en la calle, Lombard dijo:

—Las diligencias llevarán aún lo suyo. Yo aprovecharé ese tiempo para husmear, pierdan cuidado.

—Estaremos toda la noche donde ya sabe. Si descubre cualquier cosa, no deje de venir. Estamos sobre ascuas.

—Cuente conmigo, señor barón. Iré con lo que sea, aunque raye el alba.

—Gracias. Sabremos recompensarlo.

Lombard permaneció un rato observando mientras los dos hombres se alejaban calle abajo. Una vez tuvo la certeza de que no iban a volver sobre sus pasos, dejó de vigilar y entró de nuevo al teatro.

En el escenario, el forense le estaba cerrando los párpados a Germaine Fox.

Los ojos de la trágica protagonista de la noche dejaron de mirar de modo ausente la alta oscuridad de los telares. La triste última función había terminado.

Tampoco esta vez sonaron los aplausos.

## 2 *Reunión de madrugada en la Sociedad de Estudios Metapsíquicos*

LA Sociedad de Estudios Metapsíquicos era una de las diversas agrupaciones que en el París de fin de siglo se dedicaban a la investigación y divulgación de fenómenos ultrafísicos. Todo lo relacionado con la videncia, el espiritismo y, en general, las posibles manifestaciones desconocidas o sobrenaturales constituía su campo de estudio.

El barón Latour, un vigoroso anciano siempre dispuesto al entusiasmo, era su presidente y mecenas. Como hombre inclinado a lo insólito, aunque más por excentricidad que con miras rigurosas, dedicaba una pequeña parte de su fortuna personal a financiar las actividades de la Sociedad. También había cedido, como local de reuniones para el grupo, un caserón de su propiedad en la *rue* de Clichy.

Louis Bernard desempeñaba, por voluntad propia, el cargo de secretario. Pero, a decir verdad, el colectivo tenía su razón de ser gracias a él.

Era un hombre de casi cincuenta años, atractivo en su madurez, de presencia elegante y facciones gratas. Sin embargo, un halo de tristeza apagada solía ensombrecer su rostro. Para un observador perspicaz, era evidente que soportaba el peso de algo amargo. Su prestigio se había oscurecido en los últimos años, pero aún era una figura reconocida en la investigación metapsíquica.

A través de la Sociedad, Latour subvencionaba con generosidad las actividades de Bernard. Los restantes cuatro miembros de la junta rectora, hombres maduros y bien situados, tenían diversos grados de interés por las cuestiones metapsíquicas, pero ninguno podía compararse a Bernard, que era el único de ellos enteramente consagrado a aquellas materias.

Jean Garland y Albert Yvonnec eran escritores de segunda fila, cultivadores de un género folletinesco con ciertas pretensiones de calidad literaria, muy en boga por aquel entonces. Pertenecían al grupo a causa de su interés por lo desconocido y, más exactamente, con la esperanza de tener acceso privilegiado a temas insólitos que pudiesen ser utilizados en sus argumentos novelescos.

Jacques Jouvet, doctor en medicina, abordaba los trabajos de la Sociedad con verdadera dedicación y pretendía aportar una visión científica a las investigaciones. No obstante, se cuidaba mucho de que sus pacientes no conociesen su participación en ellas.

René Marechal era el miembro más reciente de la junta. Apasionado husmeador en muchos campos, había hecho de la metapsíquica su afición más excitante. Su condición de rentista le permitía actuar como una especie de diletante profesional sin ocupaciones definidas. Su insaciable curiosidad se volcaba en especialidades tan diversas como la numismática, la egiptología, la música de órgano o la fauna exótica. Pero en las reuniones de la Sociedad afirmaba siempre que lo que más le atraía era el mundo desconocido de los espíritus.

El grupo contaba además con casi un centenar de asociados de las más diversas profesiones. Asistían a una reunión anual, en la que el barón Latour daba cuenta de las actividades realizadas, y recibían unos boletines de circulación privada, redactados casi enteramente por Bernard. Esos socios no solían tener ninguna otra vinculación con los trabajos de la junta.

Jacques Jouvet fue el último en acudir a la reunión de madrugada. Como sus compañeros de junta, había sido convocado a través de un servidor de confianza enviado por Latour y Bernard, los dos hombres que, camuflados en un palco, habían presenciado la llegada del contingente policial al teatro Racine.

Los rostros soñolientos mostraban una viva excitación a pesar de lo intempestivo de la hora. El barón era quien parecía estar más a sus anchas. Garland e Yvonnec, los literatos, cuchicheaban en voz baja. Marechal, siempre temeroso de verse acusado de frivolidad, contenía sus impulsos. Y, como de costumbre, el más circunspecto era Louis Bernard.

Una vez enterado de los primeros pormenores de la situación, Jouvet preguntó:

—¿Cómo pudieron ustedes estar tan oportunamente en el lugar del crimen, antes incluso de la llegada de la policía?

El barón se apresuró a ofrecerle las primicias del caso, como había hecho antes con Garland, Yvonnec y Marechal:

—El cuerpo sin vida de la desdichada Germaine Fox ha sido descubierto por el vigilante nocturno del teatro. Ese pobre diablo es reo de grave negligencia, desde luego. El asesino pasó por delante de su garita al entrar y al salir mientras el infeliz estaba sumido en los sopores de la embriaguez.

—Eso lo curará de su excesiva afición a la botella —dijo Marechal.

—Todo puede ser —prosiguió el barón—. Lo cierto es que al encontrar el cadáver se ha asustado, y mucho. No sólo por lo macabro del hallazgo, sino también porque veía su dejadez gravemente puesta en evidencia. Dominado por el pánico, y aún muy ebrio, en vez de acudir directamente a la policía, ha ido a contarle lo ocurrido a Gaston Lombard. Vive cerca del teatro, y el vigilante lo considera más o menos como amigo.

—¿Lombard? —inquirió Jouvet—. ¿Ese confidente de la policía que nos ha prometido información acerca de la persona que estamos buscando?

El mismo. Y hay que reconocer que al introducirnos al señor Bernard y a mí en el lugar del crimen intentaba cumplir sus promesas: era muy posible que esa persona acudiese al teatro Racine con los oficiales de homicidios.

—¿Estaba allí? —preguntó Jouvet, vivamente interesado.

—Aún no lo sabemos. Lombard nos lo confirmará más tarde. Cuando el vigilante le ha dicho lo que había descubierto, ha visto una oportunidad para nosotros. Tras aconsejarle al pobre hombre que tratara de adecentar su aspecto y que no avisara a la policía hasta haberse serenado un poco, para no causar una pésima impresión, se ha apresurado a avisarnos. Sabía que estas noches el señor Bernard toma parte en las tertulias de mi casa. Iba a encontrarnos a los dos. ¿Se da cuenta de su habilidad, Jouvet? Le recomienda al vigilante que deje pasar un tiempo antes de alertar a la policía porque eso le permitirá convocarnos a nosotros. Lombard está acostumbrado a actuar con rapidez en situaciones difíciles e inesperadas. Esta noche lo ha demostrado.

—Incluso demasiado —dijo Bernard, silencioso hasta entonces—. Creo que ha incurrido en precipitación haciéndonos ir al teatro. Hemos estado en una ubicación muy desfavorable. Desde aquel palco era muy difícil observar a las personas que entraban. Lombard nos ha impresionado con su capacidad de maniobra y con su audacia. Pero, fuera de esto, no ha habido otros resultados.

—Es pronto aún para asegurarlo —matizó el barón, algo dolido por la intervención de su patrocinado—. Yo he retenido en la memoria algunas caras. ¿Quién sabe si alguna de ellas pertenece a la persona que la policía pretende ocultar? Lombard nos lo dirá. Por eso hemos querido que todos ustedes estuvieran presentes, caballeros. El momento puede ser importante.

—Muchos otros estudiosos querrían estar en la senda de un secreto tan bien guardado —aseguró Yvonnec, que, como su colega Garland, le veía posibilidades literarias al asunto.

—Sí, es lo más atractivo que tenemos entre manos —dijo Marechal, el diletante.

—En las manos, por el momento, sólo tenemos aire —corrigió Bernard, en su línea de moderar las esperanzas.

—Alguien llama —anunció Jouvet, al oírse unos golpes en la aldaba del portón de entrada.

El barón Latour dedujo:

—Es Gaston Lombard, seguro. Recuerden, señores, que cuenta con nuestra completa discreción. Le hemos dado, en nombre de todos, nuestra palabra de caballeros. Ese hombre nos sirve por dinero, desde luego, pero se está arriesgando. Que ninguna de nuestras palabras lo induzca a pensar que se verá comprometido por esta causa. Es nuestro único enlace.

Marechal fue a abrirle la entrada al visitante, mientras los demás aguardaban sentados en torno a la mesa de reuniones.

Al franquear el umbral de la sala, Lombard anunció sombríamente:

—Los camilleros se han llevado ya el cuerpo de la actriz asesinada. No queda nadie en el teatro. El vigilante nocturno ha sido arrestado.

Con aire sorprendido, el barón preguntó:

—¿Se sospecha de él?

—Creo que no. Pero el subprefecto estaba fuera de sí, necesitaba un chivo momentáneo. Se toma los casos raros como un desafío a la inteligencia de la policía. Quiere mantener en secreto lo sucedido. Por suerte, la temporada del Racine ha terminado. Nadie echará de menos a la Fox en el escenario.

—¡Qué gran pérdida! —exlamó el novelista Garland—. Yo la vi actuar una vez, hace años. Estuvo muy inspirada.

Sin hacer caso del comentario, Lombard puntualizó:

—Comprendan, señores, que si el subprefecto llegara a enterarse de que dos de ustedes han estado en el teatro, yo me vería en un aprieto muy grave. Oficialmente, a esa señora no le ha ocurrido nada. ¿Está claro?

—Pierda cuidado, Lombard —aseguró en tono solemne el barón Latour—. Todos empeñamos nuestra palabra como algo sagrado. Por nosotros nada se sabrá del drama de esta noche.

—Cuento con ello. Quiero darles la información que desean, pero no a costa de caer en desgracia.

—Lo comprendemos perfectamente —reiteró Latour—. Y, díganos, ¿pudo averiguar al fin si el misterioso o la misteriosa vidente que trabaja para la policía estaba en el teatro?

—No estaba. El subprefecto no se ha arriesgado a que actuara en medio de tanta gente. Allí hubiese llamado la atención enseguida. Debe de tratarse de alguien con aspecto muy raro.

—No necesariamente —corrigió Bernard—. La mayor parte de los médiums y videntes no se distinguen por su aspecto exterior.

—En cualquier caso —insitió Lombard—, una presencia desconocida hubiese hecho recelar a los mismos agentes de policía. Yo creo que sólo el subprefecto y el inspector jefe Stassin saben de quién se trata y qué hace. Lo demás son aún rumores. Si llevan al médium, o a la médium, al teatro, lo harán en otro momento y estarán los tres solos.

—Quizá esa operación se esté llevando a cabo ahora —sugirió el barón, convencido de haber tenido una gran idea—. ¿No ha dicho usted que todo el personal se había retirado del teatro? Podríamos volver allí ahora y verlos cuando salgan.

Lombard se crispó.

—Si hacen tal cosa, me desentiendo. Sería una imprudencia. ¿Cómo justificarán ustedes el hecho de estar rondando por las inmediaciones del teatro a estas horas de la madrugada? Con todo respeto, señor barón: no es una propuesta acertada.

Recogiendo velas rápidamente, el aludido repuso:

—Sí, reconozco que me he dejado llevar por un impulso. Además, lo de que puedan estar allí ahora no pasa de ser una suposición.

—Una de nuestras armas es la paciencia —dijo Bernard, que seguía sin mostrar el menor entusiasmo—. No hagamos excepción en este caso. Que Lombard marque la pauta. Él sabe qué terreno pisa.

—Sí, claro —admitió el barón, para preguntar enseguida al visitante—: ¿Se ha llegado a alguna conclusión en torno al penoso crimen de esta noche?

—Parece ser que el homicida cometió el asesinato en el camerino de la Fox y luego arrastró el cuerpo hasta el escenario.

—Esto hace el crimen aún más macabro —se indignó el barón.

—Hay más. El forense cree que ella fue vestida de época y maquillada cuando ya estaba muerta. Sólo lo pudo hacer el asesino.

—¡Repulsiva perfidia! —clamó el viejo aristócrata—. Tiene que ser obra de alguien capaz de burlarse de las leyes humanas y divinas.

—¿Entienden ahora por qué el subprefecto no quiere que la cosa se divulge? —subrayó Lombard—. Se lo ha tomado a la tremenda, como un reto personal. Con el caso Bresse ya tenía bastante. Ahora son ya dos los crímenes extraños que tienen que resolver. Y pueden venir más. Él teme mucho las malas rachas. No me sorprende que ande hasta con médiums. Esos asesinatos son los más difíciles de aclarar: los móviles suelen estar muy camuflados.

—¿Sigue siendo un misterio para la policía el caso Bresse? —preguntó Bernard.

—Por lo que yo sé, así es. Bien, señores. Nada más puedo decirles por ahora. Seguiré el rastro de ese médium y les daré noticias más concretas. Con su permiso, buenas noches.

Tras la retirada de Gaston Lombard, los miembros de la junta de la Sociedad de Estudios Metapsíquicos permanecieron unos momentos en silencio. Fue Louis Bernard, la figura del grupo, quien tomó nuevamente la palabra sin abandonar el aire taciturno que había mantenido durante toda la reunión:

—Lombard es un confidente de la policía. Es decir, un hombre que comercia con delaciones, un vendedor de indicios, supongo que no siempre veraces. Muchos de los individuos que se dedican a esta actividad son antiguos delicuentes que la policía utiliza para infiltrarlos en las cárceles y en medios criminales. Suelen ser tipos sin excesivos escrúpulos, aunque hayan refinado sus maneras. ¿Quién nos asegura que existe realmente ese médium del que nos habla? Es posible que Lombard no se atreva a pasarle información falsa a la policía. Se expondría demasiado. Pero con nosotros lo tiene más fácil: inventa aquello que nos puede interesar y luego trata de vendérnoslo. No estoy seguro de que sea así, pero cabe la sospecha.

—¿Cuánto se le ha pagado ya a ese individuo? —preguntó el doctor Jouvet.

—Trescientos francos —dijo el barón—. Él se dirigió a mí porque le sonaba mi nombre como presidente de la Sociedad. Me habló de lo que había oído en la prefectura. Al verme interesado, se ofreció a actuar como informador para nosotros. Acepté el trato convencido de que el asunto podía tener interés. Si la policía, en contra de sus más inveteradas costumbres, había contratado a un superdotado psíquico para hacerle actuar en la investigación de casos problemáticos, tenía que tratarse de un sujeto acreditado y extraordinario. Por un vidente falso o vulgar no se habrían tomado la molestia. Así razoné yo al entregar esa primera cantidad de dinero. Ahora bien, le advertí claramente a Lombard que no recibiría ni un solo franco más hasta que nos diera pruebas fehacientes de que existía tal vidente o médium. Más aún: él sabe que si no nos facilita un encuentro secreto con esa persona, no sacará mucho del asunto.

—Sí, señor barón, las precaucaciones están tomadas. No hay temor de que esto acabe siendo una estafa considerable en el aspecto monetario —convino Bernard—. De todos modos es enojoso depender de una persona como Lombard, habituado sin duda a toca clase de dobleces y trampas.

Latour propuso entonces:

—Nuestra Sociedad goza de prestigio, aunque algunos quieran negárselo. Tal vez sería mejor dar la cara. Podríamos hacernos oír ante el mismísimo prefecto y obtener su autorización para llevar a cabo un estudio completo del médium.

—Eso sería muy contraproducente —opinó Yvonnec—. Si la policía está decidida a mantener en secreto la utilización de un vidente, cualquier indicio de que la cosa se ha sabido les haría cerrarse aún más. Así, las posibilidades de conocer y estudiar a ese superdotado serían más pequeñas aún, prácticamente nulas.

—Estoy con usted —dijo Garland—. No obstante, me gustaría tener alguna confirmación de la autenticidad del caso por una vía distinta a la de Gaston Lombard. En los niveles bajos del escalafón policial puede haber más posibilidades de filtración que en la cúpula de mando. Estoy pensando en algún funcionario subalterno que, por su adscripción al departamento de homicidios, pueda tener datos directos.

—¿Alguno de ustedes conoce a la persona adecuada o sabe cómo llegar a un funcionario de manera confidencial? —preguntó Bernard, demostrando con su expresión que se hacía pocas ilusiones al respecto.

Se produjo un silencio general.

—En tal caso —prosiguió Bernard—, no tendremos más remedio que seguir a expensas de Lombard.

—No sé si mi instinto me engaña —admitió el barón— como ha ocurrido en otras ocasiones, por desgracia. Pero intuyo que esta vez sí estamos sobre la pista de un caso extraordinario. Creo que nuestra Sociedad, al fin, podrá investigar a un portento digno de su renombre. Si es así, todos nuestros esfuerzos y trabajos podrán darse por bien empleados.

—Esperémoslo, señor barón. Pero ahora estamos todos muy cansados. La noche ha sido agitada —dijo Bernard.

El aristócrata supo estar a la altura de las circunstancias. Haciéndose eco de los deseos de su favorito, proclamó:

—Lleva usted razón. Caballeros, se levanta esta sesión extraordinaria.

Cuando los seis miembros de la junta salieron a la calle, ya clareaba el alba.

# 3 *¡Nunca mientras yo siga en mi puesto!*

SI había que dar crédito a las revelaciones de Gaston Lombard, el médium o vidente utilizado por la polícia de París actuaba en la brigada de homicidios, bajo las órdenes directas del subprefecto Charles Herbau.

Tal cosa no podía ser más sorprendente.

Herbau era un policía a la antigua usanza, pragmático, resolutivo, partidario de la acción directa y sin contemplaciones.

Se encontraba, además, por razón de edad, en sus últimos años de servicio. Eso lo hacía aún menos amigo de innovaciones. Por otra parte, su pasado militar pesaba mucho en él. Tenía un trato áspero y desagradable, y sus actuaciones incurrían con frecuencia en falta de tacto o sutileza. No se le podía negar celo en el cumplimiento de su función, pero tendía demasiado al recurso de la fuerza.

Por si ello fuera poco, había intervenido varias veces en el desenmascaramiento de actividades de espiritismo fraudulento y en la investigación de prácticas engañosas de supuestos adivinos y astrólogos. Todo ello lo había llevado a un escepticismo hostil contra cualquier cosa que oliera a ocultismo, teosofía o metapsíquica en sus innumerables derivaciones y variantes. Era un adversario decidido del confuso pandemónium ocultista finisecular. Como hombre poco dado a matizaciones, metía todo en el mismo saco. Parecía ser, pues, el último de los responsables policiales de París de quien pudiera pensarse que consultaba a médiums. La realidad, sin embargo, era distinta.

El causante era su inmediato subordinado, el inspector jefe Jules Stassin. Las relaciones entre ambos no eran fáciles. Si en la evolución de la policía Herbau encarnaba el pasado, podía considerarse a Stassin como un portavoz de los nuevos tiempos. Esa diferencia generaba enfrentamientos.

El inspector era un hombre de inteligencia apreciable. A sus cuarenta años, ocupaba aquel puesto destacado gracias a su rápida carrera en la brigada de homicidios, sección en la que había ingresado seis años antes. Convencido de que los procedimientos de la investigación criminal eran aún muy rudimentarios, orientaba su esfuerzo a la búsqueda de nuevos métodos. Tanto o más que en la resolución de los casos planteados, encontraba satisfacción en abordarlos de manera innovadora.

Una de sus máximas favoritas era: «Cada delito exige una forma especial de investigación, ideada en función de sus características. La rutina es la responsable de una gran parte de los fracasos de la policía».

A raíz del misterioso asesinato del ilustre químico Henri Bresse, acaecido el 16 de mayo de aquel mismo año de 1899, había tenido lugar una fuerte discusión, una más, pero de consecuencias singulares, entre Herbau y el inspector jefe.

El enconado cambio de impresiones se produjo, como de costumbre, en el austero despacho del subprefecto. Éste permanecía sentado, mientras que Stassin iba y venía por la estancia para dar más fluidez a sus pensamientos.

Herbau había empezado la conversación lamentándose de las dificultades que presentaba el caso Bresse. Homicidios no disponía de ninguna pista para orientar las actuaciones. Habían pasado bastantes días y seguían tan a oscuras como al principio. Stassin, con toda premeditación, trataba de polemizar con su superior:

—Todos los años quedan sin resolver cientos de asesinatos, a veces incluso más. Y no por ello se conmueven los cimientos de la sociedad. Ninguna policía del mundo logra esclarecer todos los casos de homicidio que se le presentan. Nadie se escandaliza de eso.

—Hay casos y casos —opuso Herbau, huraño—. El Sena devuelve cada temporada docenas de ahogados. Sabemos que algunos de ellos han sido atacados y después arrojados al agua. El río y la intemperie borran casi todos los rastros. Pero, por fortuna, nadie llama a nuestra puerta para exigir la detención del asesino de un vagabundo anónimo. Aparecen cuerpos sin vida en los callejones suburbiales. A menudo, nadie acude a reclamarlos. Menos aún hay quien se preocupe por el castigo del culpable. No pasa ningún mes sin que algún anciano solitario halle la muerte en su casa a manos de un asaltante que pretendía arrebatarle sus miserables ahorros. No deja parientes que reclamen justicia o venganza. Son las víctimas del abandono y la soledad. No gozan de clamores ni de llantos. Esos casos sin resolver no incomodan ni comprometen a nadie.

Stassin conocía muy bien aquel discurso. Lo había oído muchas veces. Se sabía de memoria lo restante. Por eso siguió azuzándolo. Quería llevarlo a su terreno, y, para ello, nada mejor que dejar que se explayara antes. Argumentó:

—Pero no por eso los descuidamos.

—Usted sabe bien que sí. ¿A qué viene negarlo entre nosotros?

—Lo que quiero decir es que son crímenes de segunda clase, y como tales los tratamos. Se les presta una atención moderada. Con los medios a nuestro alcance no se nos puede pedir más. Pero algo se hace. Y a veces da resultado. Lo mismo ocurre, pero al revés, con los asesinatos importantes. Son más los que se esclarecen que los que quedan impunes. Creo que el balance es estimable.

—Pero basta con que la víctima de un homicidio sea una persona notable o popular para que la no resolución del caso parezca un imperdonable fracaso de la policía. Ahí no valen porcentajes de eficacia ni escaseces de medios a nuestro alcance. Y no digamos si, encima, el hecho se ha visto agravado con mensajes extraños, como el maldito caso Bresse. Casi parece que el asesino esté burlándose de nosotros desde el lugar donde se oculta. ¡Entonces sí que la opinión se encarniza con la falta de resultados! Caen sobre nuestras espaldas todas las descalificaciones: torpeza, desidia, incapacidad, estupidez, despilfarro, mala coordinación, negligencia... Ante la indignación popular ocupamos el lugar del culpable, como nos está ocurriendo ahora.

—Podemos resistir, como siempre, o reaccionar.

—¿Reaccionar?

—Con el uso de nuevas estrategias.

—No queda mucho por inventar, desengáñese. Soy gato viejo en esto. Cuando no hay ni un solo indicio en el que ahondar, ¿qué estrategias podemos sacarnos de la manga? Sólo hay una: presentar a un falso culpable y acallar así las voces de protesta. Se ha hecho algunas veces, pero tiene muchos inconvenientes.

—Inconvenientes que desaparecen si el falso culpable muere poco después de su confesión.

—Eso sólo podríamos hacerlo si hubiera un alto interés político en juego. No es el caso, desgraciadamente.

Stassin vio llegado el momento de introducir la propuesta que tenía preparada. Lo hizo, sin embargo, dando un rodeo:

—Estoy dudando si hablarle o no de un plan que tengo en la mente. Admito de entrada que se basa en algo de mucha ambigüedad. No le gustará; lo adivino, señor subprefecto.

Sin mostrar apenas interés, Herbau dijo:

—Entonces ahórreme su conocimiento. No me gusta perder el tiempo con ideas peregrinas.

—El caso es que no sabré si es viable hasta que usted me dé su opinión.

—Conozco sus artimañas, Stassin. Si quiere hablarme de ello, hágalo de una vez. Si no, olvide ahora mismo el asunto.

—Cuanto más lo pienso, menos posibilidades veo de que usted acepte la idea; ni siquiera como hipótesis de trabajo.

—¡Deje que sea yo quien lo decida, si no tiene inconveniente! Aunque, le prevengo: no estoy de humor para excentricidades.

—Bien lo veo, señor.

—Vamos —le urgió Herbau con impaciencia—. Arriésguese.

—¡Qué remedio! Ya he ido demasiado lejos. Verá: mi idea trata de aplicar el principio de que si los procedimientos habituales no bastan hay que acudir a los extraordinarios.

—Cuidado con eso —atajó enseguida Herbau—. Por mal que nos vayan las cosas, nunca hemos de perder la cara. Ya sabe cómo pienso.

Stassin sonrió y movió los brazos como un prestidigitador mientras decía:

—La cara puede mirar a un lado y las manos moverse hacia otro sin que ello se note en el semblante.

—¿Dónde quiere usted que pongamos las manos?

—Sería sólo una prueba. Nada de éxito asegurado.

—Yo no espero milagros. Siga.

—Le conozco, señor. Temo que me lo desbarate todo de un manotazo.

—No soy tan cerrado si lo que se me propone es razonable.

—El caso es que, a modo de tanteo, me he permitido tomar algunas iniciativas. Con la mayor discreción, por descontado.

El subprefecto se removió en su asiento.

—Los que me enfrentan a sus iniciativas cuando ya son hechos medio consumados suelen salir de este despacho con cajas destempladas. Y usted lo sabe.

—Espero que no lo considere así en este caso.

—Ganas tengo de comprobarlo. Al grano.

—Según se ha rumoreado, algunas policías europeas han resuelto casos difíciles gracias a la intervención de videntes.

—Por ahí no paso. No le faltaba razón para temer mi rechazo.

Stassin prosiguió, impávido:

—Esos hechos, desde luego, no están documentados ni constan en los archivos oficiales. Pero algo habrá de cierto cuando, por otra parte, tales noticias no han sido desmentidas por nadie.

Haciendo un esfuerzo para armarse de paciencia, el subprefecto dijo:

—Mire, Stassin. Ahora soy yo quien va a hablar de principios fundamentales. Cuando un policía desconfía tanto de sus posibilidades como para echar mano de videntes, médiums y similares, sus días están contados. Grave problema es que queden sin resolver ciertos casos; pero mucho peor aún sería degradar la profesión recurriendo a misticismos y fantasmagorías. Un oficial de homicidios que buscara respuestas en los gabinetes espiritistas se convertiría en una grotesca caricatura de sí mismo y atraería el desprestigio y la burla sobre todo el cuerpo de policía. ¿Me he expresado claramente? Pues cambiemos de conversación.

—Sólo un último matiz, señor. Semejantes consultas podrían hacerse de modo indirecto, mediante personas interpuestas que dijeran actuar por iniciativa personal, sin intervención explícita de ningún hombre del cuerpo.

—¡Sería lo mismo! ¿No lo ha comprendido aún? No importa quién vaya: lo grave es dimitir de la razón y confiar en ocultismos. Antes de caer tan bajo, sería preferible confiar por entero la seguridad ciudadana a los cenáculos espiritistas. Ya puestos, mejor sería que los médiums hicieran todo nuestro trabajo. ¡Que descubrieran a los homicidas a través de mensajes de ultratumba! ¡Las propias víctimas, desde el más allá, les dirían dónde encontrar a sus asesinos! ¿No ve la magnitud del despropósito?

Stassin endureció algo su tono:

—En mis primeros meses de policía aprendí que el investigador criminal tiene el deber de avanzar por todas las vías que puedan conducir al esclarecimiento de los delitos. El único límite es que, al hacerlo, no puede incurrir a su vez en delitos. ¿He tergiversado las enseñanzas que se me dieron?

—¡Ha tergiversado la sensatez más elemental! Recurrir a videntes es peor que incurrir en delitos: constituye un atentado contra la dignidad de la policía. Si se llegara a saber algo así, seríamos el hazmerreír de la nación. Podemos permitirnos errores y fracasos, a veces son inevitables; pero tocar fondo de una manera tan humillante, jamás.

—¿Ni siquiera una vez, en una ocasión excepcional? —se aventuró a insinuar Stassin.

—¡Hágalo una vez y parecerá que lo estamos haciendo a cada momento!

—Permítame una última pregunta meramente especulativa, señor.

—¿Aún le quedan ganas de insistir? ¡Es usted de una terquedad insoportable!

Stassin, sin arredrarse, planteó:

—¿Renunciaría usted a valerse de un médium aunque supiera de antemano que su intervención iba a dar resultado?

—No me molestaré en contestar porque esa hipótesis no cabe. Ni siquiera los adeptos y fanáticos garantizan aciertos seguros en ningún caso. Me sorprende, Stassin. A pesar de su inclinación a las innovaciones, lo tenía por hombre de juicio equilibrado. Ahora veo que estaba en un error. Caiga usted en las veleidades que quiera en su vida privada, pero absténgase totalmente de incorporarlas a su trabajo. Por lo menos mientras yo sea su superior inmediato. Sólo me faltan dos años para dejar el servicio: no será mucho lo que tendrá que esperar. Cuando yo me vaya, llene su despacho de videntes, astrólogos y quirománticos si aún le apetece y mi sucesor se lo permite. Pero no antes. ¡Nunca mientras yo siga en mi puesto!

Es mi última palabra al respecto. Y se lo digo de verdad: me ha decepcionado. Si no tiene nada serio de que hablarme, será mejor que salga ahora mismo del despacho.

Jules Stassin se retiró sin agregar palabra. Iba, en apariencia, cabizbajo. Pero, al verse fuera de la estancia, suspiró hondamente y sonrió. Todo había discurrido según lo previsto. Le había brindado a Herbau la oportunidad de mostrarse irreductible y dejar sus convicciones bien sentadas.

En una segunda acometida, Stassin entraría en más detalles. Esperaba coger por sorpresa al subprefecto y hacerle aceptar sus planes. No carecía de dotes persuasivas para lograrlo. Y, como todos los dogmáticos, Herbau podía entrar en razón si creía que quedaba a salvo lo fundamental. En el fondo, se trataba de rendirlo por cansancio.

# 4 *Los que no tienen voz han hablado aquí*

De entre todos los homicidios pendientes de elucidación en aquellos días, el que con mayor fuerza clamaba en la conciencia de la policía era el conocido como «caso Bresse».

La víctima, el viejo profesor Henri Bresse, químico eminente y gran impulsor de la toxicología, había prestado destacados servicios a la policía y a las instancias judiciales. Su gran conocimiento de las sustancias tóxicas le había permitido establecer dictámenes decisivos en muchos casos de muerte por envenenamiento. Era muy notoria su contribución al estudio de los venenos y a la detección científica de las señales que dejan en el cuerpo humano.

No pertenecía a la prefectura ni a la magistratura, pero su condición de colaborador asiduo durante más de treinta años hizo que en la policía y en los tribunales se considerara su asesinato como algo infligido a uno de los suyos y como un grave atentado contra la ciencia forense.

El veterano químico se encontraba en situación de retiro desde principios de 1898. Hombre de carácter huraño y costumbres misantrópicas, desde su jubilación se había vuelto aún más solitario e inaccesible.

Vivía solo en una antigua casa de la *rue* de Caulaincourt, en la parte baja de la ladera norte de Montmartre. En su vivienda tenía instalado un completo laboratorio privado donde proseguía sus investigaciones sobre tóxicos y otras sustancias químicas.

En la mañana del 17 de mayo, la casual visita de tres antiguos discípulos del profesor permitió el macabro descubrimiento que, de otra manera, habría tardado muchos días en producirse, ya que eran pocas las personas que en aquellos días acudían a la casa de Henri Bresse.

Extrañados de que el científico no respondiera a sus insistentes llamadas a pesar de hallarse entornada la puerta principal, decidieron entrar en la casa.

Los tres hombres efectuaron enseguida el infausto descubrimiento. El cuerpo sin vida del anciano químico estaba caído en un rincón del laboratorio, rodeado de un panorama desolador.

Algunos de los estantes se habían venido abajo. Los objetos colocados en ellos, frascos, vasijas, tubos y demás enseres, estaban rotos sobre las baldosas, y su contenido, desparramado en confusa mezcolanza. También muchos de los utensilios químicos que normalmente debían estar sobre las mesas del laboratorio se encontraban por tierra hechos mil pedazos, como si una mano hubiese barrido parte de los tableros para despejarlos súbitamente. Un fuerte hedor a productos químicos impregnaba el aire.

Horrorizados, los tres visitantes alertaron de inmediato a la policía.

De las primeras observaciones se dedujo que Bresse, pese a su edad avanzada, había hecho frente a su agresor, originándose una enconada lucha en el laboratorio, lo que ocasionó los numerosos estropicios.

Pudo establecerse *in situ* que la última causa de la muerte del químico había sido un fuerte golpe en la nuca contra el canto de una mesa, tal vez producido durante el forcejeo con el asesino. Ese impacto fatal había cumplido sin duda los propósitos del agresor, ya que la contundencia con que había empleado no permitía deducir intenciones más benignas.

La hora de la muerte se fijó entre las seis y las siete de la tarde del día anterior, 16 de mayo.

En el reconocimiento practicado en el laboratorio se descubrió también un elemento de carácter marcadamente enigmático. Oculta por un gran lienzo en el que figuraban símbolos químicos, había pintada en un muro una inscripción que decía extrañamente:

LOS QUE NO TIENEN VOZ HAN HABLADO AQUÍ

Se determinó que había sido escrita por el homicida, utilizando una punta de trapo empapada en una de las tinturas existentes en el laboratorio. La pintada estaba aún fresca. Había sido hecha el día anterior, no cabía, duda. El agresor había levantado el lienzo de los símbolos, dejándolo caer luego otra vez para que ocultara la inscripción.

Se trataba, pues, de un críptico mensaje del asesino. El subprefecto Herbau lo tomó inmediatamente como un desafío: el culpable se burlaba de los investigadores policiales retándolos a interpretar el oscuro significado de sus palabras.

Podía ser una formulación sin sentido alguno, ideada expresamente para confundir y desorientar. Pero también podía contener una clave oculta. En ocasiones, los criminales se complacían en dejar tras sus pasos vestigios o indicadores ambiguos, llevados por el patológico deseo de demostrar una inteligencia superior a la de los miembros de la policía. Dejaban incluso elementos verazmente indicativos, pero disfrazados bajo claves de muy difícil desciframiento. Actuaban así con la conviccion de que los detectives no serían capaces de comprender el mensaje, lo cual lo convertía en una desafiante burla.

Fuera de la enigmática inscripción, no se encontró en el laboratorio ni en el resto de la casa ningún vestigio, huella o traza que pudiese ser de alguna utilidad para identificar al asesino.

Tampoco en la vecindad, compuesta en parte por descampados, había ningún testigo que hubiese visto entrar o salir a alguien en la tarde anterior o en otros momentos del día o de la noche.

Los inspectores no disponían de ninguna pista que pudiese orientar una línea de investigación con posibilidades de éxito.

Por lo demás, el abanico de los hipotéticos sospechosos era muy amplio, demasiado como para proporcionar pautas de acción fiables. Aparte de la posibilidad de que un ladrón, al verse descubierto, atacara a Bresse hasta dejarlo sin vida, eran muchas las personas que podían desear la muerte del toxicólogo. Aunque él nunca había manifestado temor, sus intervenciones en causas por envenenamiento, aportanto conclusiones condenatorias, podían haberle acarreado enemistades. Una docena larga de acusados habían subido al patíbulo como consecuencia más o menos directa de sus análisis toxicológicos. Eso podía haber encendido instintos de venganza en familiares o allegados.

Muchos individuos del mundo del crimen veían en Bresse un adversario temible y, tal vez, un enemigo a abatir.

No obstante, esas consideraciones no arrojaban luz práctica. La lista de los sospechosos virtuales, en caso de poder ser elaborada al completo, cosa por otra parte imposible, hubiese abarcado a cientos de personas. Una dispersión tan excesiva en las pesquisas habría significado prácticamente su esterilidad.

¿Acaso la expresión «los que no tienen voz» se refería a algunos de los ajusticiados? ¿Era «han hablado aquí» una perversa metáfora del asesinato de Bresse? ¿Tenía la inscripción algún sentido, o era un juego de palabras sin significación precisa? No podía saberse.

Todo hacía pensar que el caso Bresse acabaría engrosando el lúgubre archivo de los crímenes sin esclarecimiento posible.

Y así habría ocurrido con toda probabilidad si no hubieran influido en el desarrollo de las investigaciones varios factores nada comunes. Porque el homicidio de Henri Bresse, por la naturaleza de sus ocultas implicaciones y por las insólitas circunstancias que hicieron posible su resolución, estaba llamado a convertirse en uno de los casos más resonantes de la última década del siglo.

## 5 *El Centro Teosófico de París recibe una confidencia*

EL Centro Teosófico tenía su sede en un piso alquilado de la segunda planta del 32 de la *rue* Madeleine. En la placa colocada junto a la puerta sólo figuraban las siglas C. T. Por lo demás, nada daba idea de las actividades que se desarrollaban en el interior.

Cualquier visitante furtivo que, atraído por la curiosidad, hubiese entrado en el Centro en ausencia de sus ocupantes, habría llegado primero a la conclusión de que se trataba del bufete de unos abogados o procuradores dedicados al normal ejercicio de sus profesiones.

En una observación más atenta, incluyendo la lectura al azar de los lomos de algunos de los libros que atestaban las estanterías, el visitante habría podido conjeturar que los usuarios del piso no eran hombres de leyes, sino ensayistas o filósofos aficionados a las ciencias ocultas, las tradiciones herméticas, las doctrinas hindués y el pensamiento trascendental.

Pero ni la inspección más minuciosa habría descubierto nada relacionado con ciertas prácticas a la sazón muy extendidas. Ni los característicos veladores, ni salas con sospechosos cortinajes, ni recipientes con yeso en polvo para captar supuestas pisadas o huellas espectrales, ni dispositivos para registrar cambios de temperatura en el ambiente ni, mucho menos, resortes para provocar golpes o movimientos de origen pretendidamente sobrenatural. Ninguno de esos utensilios estaba allí representado.

Toda invocación sistemática a espíritus quedaba fuera de los propósitos del Centro. Así lo quería la creencia teosófica, y ése era también el deseo de los promotores y cabezas visibles de la entidad,

Edgar Nègre y Gabrielle Lahrier, colaboradores de Louis Bernard en otro tiempo, aunque separados de él desde hacía años.

Nègre y Gabrielle creían en la existencia de un trasmundo ilimitado e invisible donde evolucionaban hacia la perfección los espíritus que habían ocupado alguna vez un cuerpo humano. Consideraban también con atención la teoría de las reencarnaciones. Estudiaban las manifestaciones mediumnímicas, pero juzgaban desaconsejable y peligroso, tanto para los médiums como para los mismos espíritus, forzar comunicaciones mediante el recurso continuado a prácticas de invocación.

El Centro había alzado muchas veces su voz contra los grupos o cenáculos que habían degenerado hasta convertir en moda las sesiones de invocación a entidades espirituales, muchas veces con la participación de personas crédulas en exceso o, peor aún, con la presencia de frívolos amantes de las emociones fuertes, dados a tomarse los presuntos contactos con el más allá como un juego prohibido y excitante.

Edgar Nègre y Gabrielle Lahrier, opuestos por principio a todo lo que constituyera fraude o ligereza, consideraban que sólo con respeto, rigor y prudencia era lícito abordar lo sobrenatural. Su ideología era mística y se comportaban, más que como estudiosos, como iniciados.

En muchas de sus opiniones, el Centro Teosófico coincidía con la Sociedad de Estudios Metapsíquicos. De todos modos, Louis Bernard y sus camaradas estaban más inclinados a la investigación de fenómenos concretos que a la búsqueda de experiencias trascendentales.

Con todo, era más lo que los unía que lo que los separaba. En esto último influían poderosamente cuestiones personales.

A PRIMERA HORA DE LA TARDE del 4 de junio, el doctor Jacques Jouvet entregaba su tarjeta al escribiente que atendía a las visitas en el Centro Teosófico.

Nègre y Gabrielle no conocían a Jouvet. Su nombre ni siquiera les sonaba. Decidieron, no obstante, averiguar quién era.

Lo recibieron en la sala de debates. Cuando Jouvet entró, ellos estaban de pie, a ambos extremos de la gran mesa rectangular. Lo invitaron a sentarse en una butaca equidistante y tomaron también asiento.

Edgar Nègre aparentaba una edad similar a la de Bernard: unos cincuenta años. Sus ojos eran muy incisivos y sus ademanes un tanto bruscos, pero parecía capaz de controlarse en todo instante. Por lo demás, su aspecto no revelaba ninguna particularidad llamativa. En constraste con Gabrielle, resultaba un hombre bastante corriente. Ella, más joven que Nègre, sí llamaba la atención. Jouvet la juzgó enseguida una mujer muy singular, aunque no le habría sido fácil explicar por qué en pocas palabras.

—Formo parte, desde hace unos tres años, de la junta rectora de la Sociedad de Estudios Metapsíquicos —anunció Jouvet, presentándose, y percibió al momento que la actitud de sus anfitriones pasaba de la simple amabilidad al evidente interés—. Mi visita responde a una iniciativa personal un tanto irregular. De hecho, estoy vulnerando los estatutos de nuestra Sociedad.

—Sin duda, porque tiene usted motivos para ello —dijo Nègre.

—Así lo creo, sí —confirmó Jouvet con cierta timidez.

—Permítame decirle, antes de que prosiga usted —manifestó Edgar Nègre con autoridad—, cuál es mi opinión acerca de la Sociedad Metapsíquica. La he expresado otra veces, incluso en público. Ahora se la repetiré a usted.

—¿Lo consideras necesario? —pregúnto Gabrielle suavemente.

—Sí. Prefiero dejar las cosas claras antes de que el doctor Jouvet nos dé a conocer el propósito de su visita. ¿Tiene usted inconveniente?

—No, ninguno —dijo Jouvet.

—Voy a ello, pues. Entre todos los grupos que nos movemos en este difícil campo, la Sociedad es la que cuenta con mayores recursos monetarios. Pero sus aportaciones a la investigación no están siendo, ni de lejos, brillantes. Admito que un apoyo financiero como el del barón Latour es, en principio, envidiable. ¡Ojalá contáramos nosotros con un filántropo igualmente adinerado! Pero la abundancia de medios, por sí sola, no basta. Y hasta puede ser un obstáculo si la fuente es un individuo como el barón. Su dinero es útil, pero su presencia es un lastre. Me consta que Latour es un gesticulador deseoso de notoriedad. Sus extravagantes opiniones acerca de la metapsíquica son ridículas y banales. Sería mejor que se callara: sólo atrae burlas. ¿Estoy exagerando, Jouvet?

—Me temo que no mucho. Por eso, en parte, estoy aquí.

—Conozco personalmente a los otros miembros de la junta. Esos dos escritores mediocres, por ejemplo. Téngalo por seguro: de sus plumas nunca saldrá ni una sola página memorable. Son autores mercenarios que se dedican a explotar los temas que causan sensación o que están de actualidad. El barón, en su candor, cree que dan lustre a la junta. Lo cierto es lo contrario: la denigran. Uno de ellos se hace llamar también poeta, según tengo entedido. No creo que lo sea en modo alguno.

—No entro ni salgo. Cuestión de gustos —opuso Jouvet.

—Y el otro, ese rentista ocioso que se apellida Marechal. ¡Mejor estaría coleccionando mariposas o medallas antiguas que metiendo sus narices en la metapsíquica!

Jouvet empezaba a sentirse incómodo. Para poner fin a las diatribas, se incluyó a sí mismo entre los advenedizos:

—Mis conocimientos en la materia son también muy exiguos, señor Nègre. No puedo descalificar a ninguno de mis compañeros de junta, aunque no todos sean de mi agrado. Me considero, desde luego, un aficionado. Sólo soy un hombre que quiere adentrarse en los misterios de la vida y de la muerte desde una perspectiva distinta de la que da el ejercicio de la medicina. Mi interés es verdadero, pero es lo único que tengo. Los tres años que llevo dedicado a esta materia no son más que un comienzo.

—No soy un detractor sistemático, Jouvet. Lo que usted acaba de decir me parece respetable. Todos hemos dado unos primeros pasos.

—Los pocos que yo he andado han sido guiados por el señor Bernard.

—No me había olvidado de él, por supuesto —se apresuró a decir Nègre—. Lo estaba dejando para el final porque merece capítulo aparte.

—Louis Bernard tiene todos mis respetos —dijo el doctor, queriendo anticiparse a los comentarios del teósofo—. Es un conocedor auténtico. Lo poco que sé del mundo invisible lo he aprendido de él. Es motivo más que suficiente para pertenecer a la Sociedad Metapsíquica.

Bajo la atenta mirada de Gabrielle, Négre expuso:

—Me está hablando de un hombre que ha gozado de mi mayor afecto y admiración. Se engañan quienes nos creen enfrentados por discrepancias o rivalidades. No somos actores o cantantes que se disputan un ápice de gloria. En el fondo, nuestros objetivos son los mismos: iluminar lo oculto, conocer los hechos trascendentales que aún escapan al entendimiento humano. Las diferencias de procedimiento o de matiz pueden conciliarse. Nuestros esfuerzos deberían estar aunados, como lo estuvieron hace años.

Jouvet no había esperado ser objeto de confidencias, pero vio la oportunidad y la aprovechó:

—¿Qué les impidió seguir colaborando?

—Si quisiera eludir la pregunta o darle una respuesta que no aclarase nada, le diría: nos separó la divergencia de criterios. Pero la verdad requiere una explicación más detallada. Se la daré. Bernard se empeñó en llevar a cabo experimentos que a mí me parecieron, y me siguen pareciendo ahora, peligrosos y desencaminados. Incurrió en errores y excesos que, en lugar de permitirle avanzar, lo confundieron y lo desalentaron. La investigación de lo desconocido ha de ser tenaz, pero también gradual y cauta. En gran medida, no sabemos qué vamos a encontrar. Se nos abre un campo apasionante, es cierto, pero no podemos lanzarnos a él a ciegas, llevados por la impaciencia. En eso está de acuerdo la mayor parte de los teóricos actuales. Bernard quiso ser el primero en obtener pruebas de contactos ultrafísicos que hicieran callar a los escépticos. La prisa lo dominó. Dio muchos pasos en falso.

—Apenas conozco esa etapa de su pasado —alegó Jouvet, deseoso de conocerla mejor.

—Le doy mi palabra: nadie lamentó más que yo que malograra su talento de manera tan lamentable.

La serena voz de Gabrielle Lahrier se hizo oír de nuevo:

—La actitud de Louis Bernard ha cambiado mucho. Ya no se deja llevar por esperanzas infundadas.

—¡Cierto! —exclamó Nègre, algo molesto por la intervención de la mujer—. Ahora es enormemente cauto. ¡Demasiado!

Muy a su pesar, Jouvet se mostró de acuerdo:

—Es verdad. Lo único que podría reprocharle es el escepticismo que a veces nos contagia. Con frecuencia se le ve muy apagado, especialmente desde hace unas semanas.

Aunque procuraba moderarse, Nègre dejó traslucir un cierto agrado ante aquel testimonio que confirmaba sus palabras:

—Su sensatez es mucho mayor ahora, lo reconozco. Pero, como persona escarmentada, desconfía en exceso de sus posibilidades y de la ciencia metapsíquica. Eso le impide recuperar el equilibrio. No hay más que verle: tiene la típica estampa del hombre que sobrelleva el peso de una culpa. ¿Sabe usted por qué se casó con la que hoy es su mujer?

—Ésas son cuestiones personales —opuso Gabrielle, con mayor firmeza que antes.

—Si sólo fueran eso, no cometería la indelicadeza de mencionarlas. Tienen que ver, y mucho, con lo que estamos hablando. ¿Sabe usted por qué se casó con ella? —insistió Nègre.

—No. Sólo sé que su mujer padece perturbaciones de personalidad, que está enferma.

—Exacto. Y éste es el quid de la cuestión. Ella fue la médium que Bernard utilizó en sus años críticos. Al principio era una dotada psíquica bastante notable, pero pronto se agotó. Sin embargo, él la siguió presionando. Esperaba algo extraordinario. La empujó a experimentos cada vez más arriesgados. Ella no supo negarse, estaba enamorada y no podía soportar la idea de decepcionarlo. Así empezó la desintegración de su personalidad. Desarrolló falsas identidades para mantener la ilusión de que lograba contactos con seres inmateriales. Ese enorme esfuerzo la destruyó. Cuando Bernard se dio cuenta, era demasiado tarde. La había precipitado a la enfermedad a cambio de nada. Se sintió responsable. Y lo era, qué duda cabe. Entonces se apiadó de ella y la tomó por esposa.

—Fue un gesto compasivo que no nos corresponde enjuiciar —dijo Gabrielle, mostrando bien a las claras su deseo de poner fin a aquel tema de conversación.

—Pero con su gesto no le devolvió la salud mental a Blanche —prosiguió Nègre, insensible a la demanda de Gabrielle—. Atándose a una mujer que no amaba quiso reparar el daño causado. Dándole confort y protección, sólo lo logró en parte. Y él mismo quedó afectado, hasta convertirse en el inseguro que es en la actualidad. Si me hubiese hecho caso en su momento, podría haberse ahorrado todo eso.

—Por mucho que hablemos ahora, no modificaremos el pasado —terció de nuevo Gabrielle, ya en tono imperativo—. El doctor está aquí, es de suponer, por otras causas.

—Yo sólo pretendía que nuestro visitante supiera a qué atenerse —dijo Nègre, como excusándose—. Ahora ya conoce mi opinión acerca de la Sociedad Metapsíquica y, en especial, de su miembro más relevante. Pero nada tengo contra Louis Bernard. Siempre he estado dispuesto a abrirle de nuevo los brazos y a emprender nuevas investigaciones en colaboración con él.

—Sabes que no lo aceptaría —aseguró Gabrielle.

—No estoy yo tan seguro. Pero oigamos al doctor.

Jouvet estaba empezando arrepentirse del paso que había dado. Había oído cosas que le aconsejaban volverse atrás. Y lo habría hecho, de tener tiempo para pensárselo dos veces. Pero Nègre y Gabrielle lo miraban con caras expectantes. Así pues, llevó a la práctica su idea inicial.

—Como les he dicho, nadie en la Sociedad sabe que estoy aquí. Me acojo, por tanto, a su sentido de la discreción.

—Comprendemos su postura —dijo Nègre—. Cuente con nuestra más estricta reserva.

—Gracias. Hemos tenido conocimiento de que la policía está utilizando a un médium en la investigación de algunos casos de homicidio. No sabemos aún si es hombre o mujer ni cuáles son sus facultades. Está actuando en el mayor secreto. Pero todo da a entender, si la noticia no es falsa, que se trata de un superdotado.

—Debe de serlo, desde luego. Sólo un médium excepcional podría convencer a la policía —convino Nègre.

—Confidencia por confidencia —prosiguió Jouvet—. ¿Puedo preguntarles, antes de continuar, si ustedes tenían alguna noticia al respecto?

—No sabíamos nada. Palabra —dijo Nègre.

—Lo suponía, pero necesitaba confirmarlo.

—El dinero del barón Latour fluye con prodigalidad cuando hay carnaza a la vista. Quien les ha vendido esa información sabía bien a qué puerta llamaba.

—La autenticidad de la noticia aún no ha sido confirmada, pero yo creo que es cierta. Bernard, en cambio, desconfía.

—Muy propio de él.

—Y el barón se lo cree a pie juntillas.

—Típico también. ¿Y los demás?

—Están a la expectativa. Pero es Bernard quien me preocupa. En estos últimos días, y me duele decirlo, parece un hombre acabado.

Gabrielle dijo:

—Que lo parezca no significa que lo esté.

Nègre se apresuró a decir:

—Pero es indicativo. Y, si interpreto bien al doctor, la posibilidad de investigar a un vidente extraordinario puede malograrse a causa de esa mala disposición de ánimo.

—Es lo que intento evitar viniendo a hablarles de ello —confirmó Jouvet—. Si se nos abre la oportunidad de celebrar sesiones de estudio con ese médium, el peso de la investigación, sin duda, tendrá que recaer en el señor Bernard. De ahí la importancia de su actitud. Quizá se trate de una oportunidad histórica que no vuelva a repetirse en muchos años. Sería una lástima desperdiciarla.

—Coincido con su análisis de los hechos y comparto su preocupación, doctor —dijo Nègre—. Pero no veo de qué modo podemos influir nosotros. Usted nos ha hablado a título confidencial. El secreto nos obliga. No podemos tomar ninguna iniciativa.

—¿No tendría el Centro alguna manera de sondear discretamente a alguien de la policía?

—Me temo que carecemos de contactos de esa clase. No veo posibilidad por ese lado.

Jouvet pasó a sincerarse totalmente:

—Mi idea es la siguiente: para que la investigación cuente con garantías deberían llevarla a cabo Bernard y usted conjuntamente. Conozco algunos de sus escritos, señor Nègre. Sólo soy un principiante, pero me parecen magníficos. Se lo digo sinceramente.

—Gracias.

—Con todas las diferencias de criterio que se quiera, creo que usted y Bernard son dos figuras que rayan a altura semejante. Sería magnífico que un caso digno de ambos los uniera de nuevo.

—Yo estaría encantado, como he dicho antes. Pero no sé si él piensa de la misma manera. ¿Tú qué opinas, Gabrielle?

—Si el caso llega a interesarle, lo asumirá por entero. No aceptará la intromisión de otras personas —repuso ella secamente.

—A menos que se vea obligado a ello por las circunstancias —corrigió Edgar Nègre, mirando a Jouvet de modo significativo—. En la eventualidad de que un objetivo apasionante pudiera escapársele de las manos, acabaría aceptando la colaboración.

—Quizá —dijo Gabrielle—. Pero muy a su pesar. Doctor Jouvet: si usted le tiene estima, no lo lleve a una situación semejante. Si ese médium existe y es un fenómeno digno de estudio, Bernard vencerá su pasividad y lo investigará a conciencia. Es precisamente lo que está necesitando. No tema: si se le presenta una oportunidad histórica, la aprovechará.

Pareció que Nègre iba a oponer algo, pero, bajo la firme mirada de la mujer, no lo hizo. Jouvet se sintió súbitamente incómodo. Algo extraño flotaba en el ambiente. Su misión de buena voluntad había fracasado. Peor aún: ahora se daba cuenta de que había sido un error que sólo podía ocasionar complicaciones.

Como neófito en aquellos ambientes, desconocía un hecho importante. Su visita había removido aguas profundas porque Gabrielle Lahrier, antes de unirse a Nègre en la teosofía y en la esfera privada, había vivido en íntima relación con Louis Bernard. La decisión que éste adoptó al casarse por piedad con Blanche, su antigua médium, los había separado.

Jouvet precipitó el final de la entrevista con algunas frases de circunstancias, y se despidió. Los otros dos no hicieron nada por retenerlo. Querían estar a solas cuanto antes. La conversación iba a originar secuelas entre ambos.

Cuando Jouvet salió del edificio no se dio cuenta de que, en la acera de enfrente, un hombre se volvía de espaldas y fingía interesarse por los objetos expuestos en el escaparate de un comercio.

Aquel hombre que miraba los artículos sin verlos era Gaston Lombard, el confidente.

## 6 *La desconcertante conducta de Gaston Lombard*

HABÍAN transcurrido cuatro días desde la noche en que fuera hallado el cuerpo de Germaine Fox.

A lo largo de aquellas jornadas, los miembros de la junta de la Sociedad Metapsíquica habían examinado minuciosamente la prensa diaria, en busca de cualquier detalle que indicara que el asesinato de la Fox había llegado a conocimiento de las redacciones. Día tras día, los éxamenes habían dado un resultado negativo. Algunos periódicos, en sus páginas de espectáculos, habían incluido breves referencias al fin de temporada en el teatro Racine. Ninguno, sin embargo, había hecho ni la más leve mención a su luctuoso epílogo.

—Por el momento —le dijo el barón a Bernard, tras haber repasado por enésima vez los periódicos del día—, parece que el subprefecto Herbau se está saliendo con la suya. Lo que tiene su mérito, hay que reconocerlo. Con tanta gente enterada, parecía inevitable que la noticia se divulgara. Los actores suelen ser chismosos y están bien relacionados con la prensa.

—Es posible que algunos periódicos sí estén al corriente —repuso Bernard—. Pero quizá no se atreven a desafiar la ley del silencio impuesta por la prefectura.

—En tal caso, no podrán tenerlos callados por mucho tiempo —aseguró el barón Latour—. Bastará con que uno dé el primer paso para que todos saquen la noticia en titulares. ¡Ahí es nada: una conocida actriz asesinada en su camerino y llevada luego al escenario por el homicida!

Los dos hombres estaban en la sede de la Sociedad, deliberadamente a solas. Latour había recibido aviso de Lombard: el confidente iba a acudir allí a media tarde para facilitarles nueva y valiosa información. A sugerencia del propio Lombard, no se había dado aviso a los restantes miembros de la junta. Tenían entre manos un secreto que convenía guardar celosamente. Era menester restringir al máximo el número de personas enteradas de los nuevos datos que Lombard suministrara. Ya se vería más adelante si era oportuno comunicar en junta todo lo que se llegara a saber. Entretanto se darían largas, pretextando no haber recibido aún nueva información del confidente.

—Sigo pensando que Gaston intenta embolsarse un buen dinero a cambio de una patraña, aunque no me atrevo a afirmarlo rotundamente —dijo Bernard, dando muestras de impaciencia—. Además, ese hombre se está retrasando. Ya hemos sobrepasado la media tarde.

Cariacontecido, el barón repuso:

—Hemos asumido la posibilidad de que se trate de un engaño, desde luego. Es posible que ese médium extraordinario sólo exista en la mente de Lombard. Pero yo no me cierro a la esperanza. ¿Y si fuera verdad? ¡No podemos dejar escapar la ocasión aunque tenga pocos visos de ser cierta!

—Por eso no quiero pronunciarme hasta disponer de elementos de juicio más sólidos —dijo Bernard, aunque su rostro desmentía que tuviese la más ligera confianza en la autenticidad del caso; más bien parecía que le prestaba alguna atención por no contrariar las expectativas de su protector, el barón Latour.

Unos golpes en la puerta anunciaron la llegada de un visitante. Bernard, con un aire desganado que se hizo aún más ostensible cuando salió del campo visual de Latour, acudió a abrir la puerta.

A los pocos momentos volvió a entrar en la sala acompañado por el confidente, que, muy acalorado, anunció:

—Será la última vez que venga aquí, señores. Cuestión de prudencia. Tal como se están poniendo las cosas, no es conveniente que me vean entrar o salir de este edificio. Luego podrían atar cabos, ¿comprenden? Estoy poniendo en juego mi puesto de informador policial. Y es un trabajo que me hace falta: no estoy preparado ni dispuesto para dedicarme a otra cosa. ¿Soy lo bastante explícito?

Con visible irritación, Louis Bernard replicó:

—No necesitamos tantas advertencias. Si la información lo vale, nos encontraremos en cualquier otro lugar. Pero antes demuestre que tiene algo sólido que ofrecer.

—Y en función de esa solidez se cifrará su recompensa, no de otra manera —puntualizó el barón en tono admonitorio.

Lombard pareció animarse al oír la palabra recompensa. Tomó asiento y lanzó:

—A ver qué les parece esto: la misteriosa persona es un hombre de unos cuarenta y tantos años, procede de Reims, viene avalado por proezas psíquicas importantes y, desde ayer, está actuando en los casos Bresse y Fox.

—Luego no fue la otra noche al teatro Racine —dedujo Bernard.

—No. El subprefecto lo tiene escondido como un as en la manga. No quiere que lo vea nadie. Sólo él y el inspector jefe Stassin están en el secreto. El resto del personal no sabe nada. Bueno, excepto una tercera persona cuyo nombre nunca diré porque es mi fuente de información. Por cierto, algo habrá que darle también a ese contacto. Nadie hace nada por nada, y menos cuando se corren riesgos.

—¿Conoceremos pronto a ese informador? —preguntó Bernard.

—Ni pensarlo. Él es un eslabón muy importante, pero el asunto lo llevo yo. Ustedes no sabrán nunca quién es. No puedo decírselo. Le he jurado que él quedaría en la sombra. No puedo traicionarlo. En mi oficio hay leyes no escritas que se han de cumplir a rajatabla. Una de esas leyes dice que una buena información se debe pagar como corresponde. Por eso, se lo advierto: seremos dos a percibir compensación por este trabajo.

Deseoso de imponer su precaria autoridad, el barón estableció:

—Se convendrá un precio con usted. Luego, repártalo con su informador como mejor le parezca.

—Sí, claro. Así lo haré. Lo he dicho sólo para que se tenga en cuenta al fijar la cantidad total, señores.

Bernard quiso poner fin a un regateo que se le antojaba prematuro, si no inútil por completo:

—¿De qué manera actúa el hombre de Reims?

—Parece que lo están llevando a los lugares donde se cometieron los asesinatos. Creo que allí mira y toca lo que se le antoja. Por lo visto, necesita ambientarse.

No queriendo parecer débil ante Bernard, Latour dijo severamente:

—Después de cuatro días, no es mucho lo que nos trae.

—Paciencia —pidió el confidente—. A partir de ahora, las novedades se morderán la cola unas a otras. No se me escapará nada importante, ya lo verán. Además, aún no he terminado. Atiendan: tienen a ese hombre, de incógnito, en uno de los pisos reservados que habitualmente utiliza la policía.

—¿Conoce la dirección exacta? —inquirió Bernard.

—Aún no, pero todo se andará, y pronto. Tengan en cuenta que en París hay más de treinta pisos de esa clase. Yo no los conozco todos, ni mucho menos. Están repartidos por casi todos los distritos. ¿Ven la dificultad? Pues bien —añadió jactándose—, en dos o tres días, mi enlace me dirá en cuál de ellos está ese médium cuando no anda husmeando en los lugares de los asesinatos.

—¿Debemos entender que está en ese piso bajo vigilancia? —preguntó Bernard, que no le quitaba ojo al confidente, como si esperara descubrir por sus gestos y actitudes que estaba representando una farsa.

—No lo creo —dijo Lombard, para razonar a continuación—: mientras el subprefecto no sospeche que se ha corrido la voz, no tiene por qué ponerle guardia. Eso despertaría suspicacias entre los hombres designados. Además, ese médium, o lo que sea, no es un colaborador forzoso. Coopera voluntariamente. Y seguro que le tienen prometida una buena gratificación si da con algo. No es de esperar que se esfume sin más, digo yo. ¿Para qué iban a tenerlo vigilado?

El barón quiso volver a su visión optimista de los acontecimientos:

—Por tanto, Gaston, una vez sepamos dónde reside el hombre, se nos abrirá la posibilidad de llegar a él discretamente, sin levantar recelos ni suspicacias. ¿No es así?

—No digo que no. Pero con mucho cuidado. A la menor sospecha lo quitarán de enmedio, y si te he visto no me acuerdo. Recuerden que Herbau no quiere, bajo ningún concepto, que se sepa nada de esto. Y además está por ver si el médium acepta entrevistarse con ustedes bajo cuerda. Pero, que quede claro, eso ya no correrá de mi cuenta. Ustedes tendrán que convencerlo. Supongo que ya tienen pensado cómo hacerlo, porque yo no tengo ni idea de cómo hay que tratar con individuos de esa clase. Me muevo en otros ambientes.

En un tono que no dejaba lugar a dudas, Bernard aclaró:

—A nosotros no nos bastará saber dónde reside el vidente. Eso, por sí solo, no merece nuestro interés.

—¿No? —exclamó Lombard con preocupación.

—Desde luego que no. Nosotros no vamos a ir furtivamente al encuentro de un individuo que acaso no merezca la pena.

—¿Entonces?

—¿No está claro, Lombard? Se lo explicaré. Antes de tomar cualquier iniciativa al respecto y de valorar el premio monetario que la información merezca, necesitaremos tener pruebas rotundas y claras de que la intervención de ese hombre produce resultados por encima de las posibilidades normales de investigación. Esto es lo primordial para nosotros. Si no hay evidencia de que se trata de un superdotado, el caso dejará de interesarnos.

Gaston Lombard permaneció ceñudo unos instantes. Parecía estar considerando hasta qué punto lo que había oído amenazaba sus expectativas de ganancia. Luego, calmosamente, arguyó:

—Ya les he dicho antes que el médium viene avalado por proezas anteriores. Un hombre tan reacio como el subprefecto no le habría dado entrada en las investigaciones de no contar con referencias aplastantes. ¡Bueno es él para dar crédito a murmuraciones que no vengan totalmente acreditadas! Ahora bien, señores: yo no puedo responder por los demás ni garantizar nada. Al fin y al cabo, ustedes son los entendidos en médiums, espíritus, videntes y dotados. No me corresponde a mí dar veredictos de esa clase. Si no están dispuestos a seguir el rastro, yo me desentiendo. Aquí no se ha hablado nada, y tan amigos como antes.

Con la intención de evitar un desastre, el barón intervino de nuevo:

—Lo que ha querido decir el señor Bernard, y usted debe comprenderlo, es que nosotros no estamos dispuestos a hacer nigún esfuerzo para acercarnos a un vidente mediocre o falso. De ésos hemos conocido ya bastantes.

Lombard se encolerizó de pronto:

—¿Tengo yo la culpa de que hayan sufrido tantas decepciones? Que yo sepa, no les he dado motivo para que me acusen de engaño, sino todo lo contrario. Habrá otros grupos de ocultismo dispuestos también a interesarse. Me estan obligando a poner fin a nuestras conversaciones. Por suerte, aún no les he dado los datos clave. Algún otro postor los agradecerá como es debido.

Bernard comprendió que el barón, por respeto a su propia dignidad, no podía responder a aquel desplante más que ordenándole a Lombard que saliera inmediatamente de la casa. Por ello, aunque le desagradaba, hizo lo que Latour esperaba de él en aquel momento. Adoptó un tono conciliador y le dijo al confidente:

—Nuestra intención no era ofenderle. Pero comprenda que tanto el señor barón como yo mismo debemos mantener las lógicas reservas. No obstante, seguiremos confiando en usted. Ténganos al corriente de todo lo que pueda averiguar.

Latour asintió con la mirada. Lombard compuso una expresión compungida y dijo:

—Pido perdón, señores. He perdido los estribos. Pero háganse idea de lo delicado de la posición en que me encuentro. Persigo un beneficio, es cierto. Pero no sé si tendré que lamentarlo. Y entre unas cosas y otras, mis nervios no están muy serenos que digamos.

—Está disculpado —dijo Bernard anticipándose al barón, que se disponía a manifestar algo semejante—. ¿Tiene algo más que comunicarnos?

—Todo lo que sabía lo he dicho ya. Pero, lo repito, habrá más, y sin tardanza. Ahora tengo que marcharme. Se me han encomendado ciertas gestiones y no quiero que en la prefectura recelen algo si ven que baja la intensidad de mi trabajo. Si no tienen inconveniente, nos veremos pasado mañana, a las doce del mediodía, en el *Lapin Sauvage, rue* Victor Massé, al pie de la Butte. Estaré esperándolos en el reservado del altillo. Allí, a esa hora, podremos hablar sin impedimentos ni oídos extraños. Señores, con su permiso, buenas noches.

Aunque le dolía, Latour sometió a Bernard a una suave reconvención tras la partida del confidente:

—Si lo presionamos demasiado, se nos echará atrás antes de que podamos verificar sus afirmaciones. Comprendo sus recelos, Louis, y me parece razonable que los tenga. Quizá vienen bien como freno de mi entusiasmo. Pero debemos proceder con tacto. Si le ponemos condiciones muy duras, Gaston acabará desanimándose. La recompensa es el señuelo que lo lleva a trabajar para nosotros. Si la ve al final de un camino muy lleno de obstáculos, renunciará. En ese hombre, todo es cálculo.

Bernard nunca había discutido con Latour, y no estaba dispuesto a hacerlo por vez primera aquel atardecer.

—Me he excedido, lo reconozco. Después de todo, sigo sin estar seguro de que nos mienta. Y precisamente porque no tenemos ningún otro caso digno de investigación debemos apurar éste mientras su falsedad no quede de manifiesto.

—Me alegra oírle hablar así.

—Si usted no dispone lo contrario, yo mismo acudiré al próximo encuentro. Mantendré mi alerta y mis dudas, pero le aseguro que no me faltará paciencia ni tacto.

Complacido por la actitud de Bernard, el barón concedió:

—La gestión le queda encomendada, Louis. A su buen criterio la confío.

CUANDO LOUIS BERNAD subió al altillo del *Lapin Sauvage,* Lombard estaba sentado a una de las mesas. Tenía ante sí un trozo de paté y un vaso de vino, los dos intactos. No había nadie más en el reservado. La luz era mortecina.

El confidente parecía adormilado, pero se reanimó al advertir la llegada del visitante. Después, la decepción se insinuó en su cara. Bernard pensó que el confidente lamentaba que no hubiese acudido a la cita Latour porque se dejaba embaucar con más facilidad y, además, era quien tenía que proporcionar el dinero de la recompensa.

Para tranquilizarlo momentáneamente, Bernard dijo:

—Al barón no le gustan estos ambientes. Ha delegado en mí. Me reuniré después con él para darle cuenta de todo lo que hablemos.

—Bien —dijo Lombard secamente, sin atreverse a oponer reparos—. Si quiere beber o comer algo, dígamelo. Los camareros no suben aquí si no los llama.

—No tomaré nada, gracias. ¿Tiene novedades?

—Y de las buenas —repuso el confidente, como un mercader que se supiera en posesión de una mercancía apetecida por clientes de importancia—. Ha habido ya tres detenciones como consecuencia de las indicaciones del médium. Parece que uno de los tres sabe algo del asesinato de la Fox. Herbau y Stassin están maravillados.

—¿Es seguro que esas detenciones se han podido realizar gracias al médium y no como consecuencia del curso normal de las investigaciones?

—¡Segurísimo! Se han producido en pocas horas. Todas, aconsejadas por ese hombre. Como lo oye. Oiga, habrá que empezar a creer en esas cosas. Ya estoy empezando a preocuparme. ¡Menuda competencia me ha salido!

—No se inquiete —dijo Bernard con remota ironía—. Siempre habrá trabajo para informadores como usted.

—¡Eso espero! Hasta el subprefecto se va a convencer de que hay algo de verdad en las facultades de los médiums. Le costará admitirlo, su testarudez es cosa seria, pero si esto sigue así acabará por ser el creyente número uno. ¡No me extrañaría verle pronto como miembro secreto de la Sociedad Metapsíquica!

La euforia del confidente no hacía más que aumentar los recelos de Bernard. Pero, antes de tomar una decisión final, quiso seguir tanteando.

—Por tanto, pronto conoceremos por la prensa la espectacular resolución del caso Fox.

—Sí, pero ¡cuidado! La policía no admitirá que su éxito se debe a un médium. Eso sí que no. Si les resulta bien, lo seguirán utilizando, desde luego. Pero de eso a reconocer que confían en un vidente va un largo trecho.

—Entonces, ¿cómo nos demostrará usted que existe ese vidente y que es capaz de resolver casos de asesinato?

—No será necesario que yo demuestre nada.

Bernard empezaba a exasperarse.

—El otro día dejamos bien claro que, sin pruebas suficientes, nosotros no moveríamos ni un dedo.

—Déjeme continuar. El hombre que me ayuda en esto ha cometido una peligrosa imprudencia que, sin embargo, ha dado un fruto inmejorable. Sondeó al médium. No conoce a nadie en París, sólo trata con el subprefecto y con Stassin. Le habló de usted y de la Sociedad Metapsíquica. Para ganar tiempo, ¿comprende? Se la jugó, y bien, pero dio en el clavo. El médium le conoce, señor Bernard. No personalmente, claro. Por sus escritos. Sabe que usted es un gran entendido. ¡Uno de los mejores! Y está dispuesto a explicarle toda su historia: cómo descubrió que tenía poderes, a qué los ha aplicado hasta ahora, de qué manera se sirve de ellos... En fin, todo. Con una sola condición: que la policía no se dé cuenta. Nadie más que usted y el señor barón podrán estar al corriente de esos contactos. El compromiso deberá ser sagrado.

—Delo por aceptado —aseguró Bernard rápidamente. El confidente había llegado muy lejos en sus promesas. Se felicitó por ello. Así resultaría mucho más fácil desenmascararlo o comprobar que había algo de cierto en sus ofrecimientos—. ¿Cuándo podremos tener el primer encuentro?

—Muy pronto. Esta tarde ya sabré en qué piso lo han alojado. Pasa mucho tiempo allí. Y no está bajo ningún tipo de vigilancia. Lo traen, lo llevan, y nada más. Es un edificio de muchos pisos. La gente entra y sale todo el día, hay mucho movimiento. No les será difícil pasar inadvertidos, ya lo verán.

—Muy bien. Deme esa información y, según lo que resulte, se la gratificaremos.

—De eso se trata precisamente —dijo Lombard, haciendo su tono más comedido—. La persona que va a darme las señas exige compensación inmediata. Se está arriesgando muchísimo. No sabe usted cuántos artículos del reglamento de la policía podrían caerle encima. Pulverizado quedaría.

—¿Cuánto habría que pagarle?

—Con cinco mil francos se daría por bien recompensado —estipuló, para agregar a toda prisa—. Y para mí otros tantos. Contantes y sonantes, claro.

Bernard agradeció la rapidez con que se había llegado al punto clave. El precio, sospechosamente, era mucho más bajo de lo que había esperado. No obstante, simuló encontrarlo excesivo:

—Es mucho dinero como para darlo así, a ciegas, Lombard. Todo reposa en su palabra. No tenemos garantías.

—Vamos, ¿qué son para el barón diez mil francos? La información vale mucho más, y usted lo sabe. Si les sale tan barata es justamente porque el pago va a ser anticipado.

—Lo creía más hábil como negociador, Lombard. ¿Por qué bajar el precio sólo por unas horas o unos días de adelanto? Deje que nos convenzamos de que todo lo que usted dice es verdad y nos tendrá en disposición de convenir una gratificación más alta.

El confidente sonrió astutamente y dijo:

—Con todo respecto, señor: ¿por qué habrían de pagarnos más cuando ya tuvieran el contacto? Ahora nosotros podemos facilitarles algo que de otro modo no tendrían: el acceso secreto al médium. Ésa es nuestra mercancía. Después, nuestras manos estarán vacías.

Fingiéndose ofendido, Bernard preguntó:

—¿No le da ningún valor a mi palabra?

—Si por mí fuera, aún podría esperar. Pero mi colaborador no se fía. No tengo manera de hacerle hablar si no es con dinero en mano. Y, ya puestos, yo no quiero quedar a la zaga. Me comprende, ¿verdad?

Bernard tenía la desagradable sensación de estar enfrentándose a un estafador profesional que, además de hacerle objeto de un burdo fraude, se mofaba de él y de todo lo que la metapsíquica representaba. Pero algo lo retenía. Un extraño presentimiento le impedía deshacerse de Gaston Lombard y de sus argucias. Sólo había una posibilidad entre cien de que fuese cierto lo que el confidente aseguraba. Pero, si esa única posibilidad resultaba ser la verdadera, renunciar sin más a ella sería un error imperdonable.

—¿Qué me dice, señor Bernard? Creo que me estoy poniendo en razón. Nuestras pretensiones son moderadas. En eso está usted de suerte: no le costará mucho convencer al barón para que pague. Por diez mil francos tendrán el médium a su disposición.

Bernard necesitaba salir de dudas cuanto antes. Y Lombard acertaba: era prácticamente seguro que Latour aceptaría cubrir el pago aun a sabiendas de que todo podía consistir en un engaño. Aquél era el camino más rápido. Resolvió seguirlo:

—Esto no me gusta, Lombard. Pero, dadas las circunstancias, será el señor barón quien decida.

—Así se habla. Nos encontraremos de nuevo aquí a las seis de la tarde. Si usted trae el dinero, tendrá toda la información a cambio. Le diré dónde y cuándo estará el médium esperándolos a solas.

EL BARÓN LATOUR NO DUDÓ apenas en jugarse los diez mil francos en la tentativa. Su optimismo le hacía esperar que el gasto no sería en balde.

De todos modos, aseguró que si resultaban defraudados ya se encargaría él de mover influencias para recuperar la inversión y escarmentar al miserable.

Bernard, no obstante, estaba seguro de que no daría ni un paso. Preferiría asumir la pérdida resignadamente antes que ponerse en evidencia ante terceros dando a conocer que se había dejado timar con el señuelo de un médium imaginario. El barón tenía su sentido del ridículo. Ya había soportado muchas burlas en los ambientes aristocráticos por su actividad como mecenas de la Sociedad de Estudios Metapsíquicos.

Bernard llegó al *Lapin Sauvage* un poco antes de la hora convenida. Ser portador de aquella suma en efectivo le incomodaba. Prefirió aguardar en el altillo antes que seguir merodeando por las calles en espera de que diesen las seis de la tarde.

Lombard aún no había llegado. Los camareros no le molestaron. Estaban habituados a que el confidente utilizara el reservado para sus asuntos, y sabían que no les convenía inmiscuirse.

Mucho después, Lombard seguía sin aparecer.

Bernard esperó hasta las nueve menos cuarto.

Al fin, obsesionado por la idea de que podía ser víctima de un asalto en aquel lugar, desistió de seguir esperando y abandonó el local.

Una vez en la calle, mientras buscaba un coche de alquiler que le ofreciera cobijo y seguridad, aún no conseguía explicarse la incomparecencia de Gaston Lombard.

POCO DESPUÉS, EN LA RESIDENCIA del barón Latour, Bernard y el dueño de la casa trataban de llegar a conclusiones prácticas.

—Lo ocurrido se presta a diversas interpretaciones, Louis. Yo me inclino por la más desfavorable: los superiores de Gaston Lombard han descubierto que se proponía vendernos esa información y lo han arrestado. De ser así, quedaría demostrado que no mentía, aunque para nosotros, tal como están las cosas, eso sea un consuelo flaco. También cabría suponer que todo era una patraña y que, a última hora, el desalmado se ha asustado de la enormidad de su fechoría. Pero no creo que sea éste el caso. Ya había conseguido lo más difícil: interesarnos hasta el punto de pagarle lo que pedía. ¿Por qué se iba a echar atrás, si todo estaba resultando como él había planeado? No tendría lógica. Creo que volvemos a estar casi como al principio. Ahora tenemos motivos para pensar que ese médium extraordinario existe, pero nuestro acceso a él será imposible. El subprefecto no permitirá que lo ocurrido vuelva a repetirse, y hará todo lo necesario para ocultar que tiene un vidente a su servicio. Podemos intentar algo por nuestra cuenta, pero me temo que encontraremos todas las puertas cerradas a cal y canto.

—¿Sabe usted dónde vive Lombard, señor barón?

—En el barrio de Ménilmontant. Sí, tengo las señas exactas. Me las dio la primera vez que vino a hablarme.

—Si no ve usted inconveniente, yo sugeriría que vaya allí uno de sus hombres de confianza, fingiéndose amigo del confidente. Tal vez así averigüemos algo.

—¿No será comprometedor para Lombard?

—Si sus manejos han sido descubiertos, ya poco puede importar. Si, por el contrario, su incomparecencia obedece a otras causas, quizá saquemos algo en claro.

—Tengo al hombre indicado —dijo Latour enseguida—. Es uno de mis domésticos. No le falta habilidad ni presencia de ánimo. Y hace poco que ha entrado a mi servicio. Si no es detenido e interrogado, será casi imposible que lo relacionen con mi casa.

—Reúne las condiciones idóneas.

—Ahora mismo lo mandamos para allá —dijo Latour, tirando de un cordón que tenía al alcance de la mano.

Sonó un estridente campanillazo.

POCO ANTES DE LA MEDIANOCHE, los dos hombres recibían el informe del criado.

—Señor barón: en el domicilio que ha tenido a bien indicarme he preguntado por don Gastón Lombard, según las instrucciones. Una mujer entrada en años, que ha afirmado ser su hermanastra, me ha dicho que el señor Lombard ha sido enviado esta tarde, con toda urgencia, a Normandía, por razones de trabajo. Por lo que ella sabe, estará ausente por un tiempo aún sin concretar, pero que se presume prolongado. No habrá, mientras, ninguna manera de enviarle recados. Debo también decir que esa señora parecía muy nerviosa y asustada. Pero no por mi causa: yo le he hablado en todo momento de modo considerado.

—¿Había alguien más en la vivienda? —preguntó Bernard.

—Creo que no, señor. Pero no tuve ocasión de comprobarlo.

—¿Se cruzó con alguien al entrar o al salir?

—Con nadie, señor.

—¿Vio a alguna persona apostada en las inmediaciones del edificio?

—Es una calle muy mal iluminada, de las peores. Pero creo que no había nadie. Por la hora que era, estaba todo muy solitario.

Al ver que Bernard ya no tenía más preguntas que hacerle al criado, Latour puso fin a la breve escena:

—Gracias, Pierre, ha cumplido usted perfectamente. Puede retirarse.

De nuevo a solas con Bernard, el barón le dijo:

—Salvo su mejor opinión, Louis, creo que lo oído abona mi hipótesis. Ese traslado repentino a Normandía no es más que un pretexto. Lombard ha sido arrestado. Y es posible que en los próximos días recibamos alguna visita desagradable. La policía querrá asegurarse de que no vamos a divulgar lo que sabemos. Nada debemos temer, pero conviene que estemos preparados.

Bernard asintió, como si compartiera el parecer del barón. Sin embargo, barajaba otras ideas. Iba a tomar ciertas iniciativas por su cuenta. Y no quería que Latour se mezclara en ellas.

A partir de aquel momento intentaría avanzar solo hasta el nudo del misterio.

# 7 *Respuestas de un iniciado ante el fin de siglo*

EL local estaba en una callejuela de Montparnasse. Consistía en una planta baja muy espaciosa, dividida en numerosas dependencias. Sobre la entrada había un aparatoso rótulo con la inscripción «Hermandad de las Nuevas Filosofías».

La realidad era mucho menos pomposa. Aquel lugar era el centro de operaciones de un conjunto de personas que especulaban con el ocultismo y las prácticas adivinatorias.

La sala principal se utilizaba para dar conferencias pretendidamente divulgadoras. En el estrado se turnaban los más conspicuos mixtificadores. Las dependencias contiguas tenían múltiples usos. Hacían las veces de *consultorios* y de gabinetes de supuestas invocaciones de espíritus. La crédula clientela del local podía obtener toda clase de *servicios:* desde sencillas consultas astrológicas hasta elaboradas informaciones acerca de pasadas reencarnaciones, sin olvidar las *comunicaciones* con familiares difuntos a través de los médiums de la Hermandad.

La policía de París tenía conceptuado el centro como garito de timadores. En varias ocasiones había sido clausurado de modo temporal. Pero, al no haber pruebas de delitos graves ni denuncias de los afectados (los que acudían al local y se sentían defraudados rara vez las presentaban), las reaperturas acababan resultando inevitables. Y, como efecto indeseado, tras cada una de las clausuras policiales crecía el número de adeptos y concurrentes.

La personalidad más destacada de cuantos utilizaban la Hermandad para sus actividades era, sin lugar a dudas, la del aparatoso Sacha Kairnes, apodado *El Mago.*

Individuo acusadamente histriónico y desbordante de vigor a

pesar de sus más de cincuenta años, era capaz de añadir a su nombre un sinfín de títulos y acreditaciones, todos otorgados por él mismo. Entre muchos otros, empleaba, según los casos, los de doctor en teosofía, intérprete de la tradición hermética, alquimista espiritual, onirista, vidente esotérico, portavoz de la mediumnidad, metapsíquico, profetizador mántico o astrólogo. Como suma y síntesis de todo ello, utilizaba siempre su apelativo más popular: El Mago.

En sus comienzos, Sacha Kairnes había sido un honesto estudioso de los fenómenos de la metapsíquica. Más adelante participó en algunas investigaciones con Edgar Nègre y Louis Bernard, en la época en que ambos colaboraban estrechamente. Nada anunciaba entonces que ellos iban a ser más adelante firmes detractores de Kairnes, ya convertido en El Mago.

Al cerebro de la Hermandad le acompañaba la figura: era de enorme estatura y tenía ojos de visionario. Sus cabellos, siempre negros gracias a la aplicación de tintes, tenían una longitud considerable. Un bigote muy poblado y una barba recortada, teñidos también ambos, completaban su aderezo facial. Vestía a veces túnicas oscuras y gustaba de adornarse con algún medallón o colgante con misteriosos símbolos e inscripciones.

Su voz, poderosa como pocas, retumbaba en los espacios cerrados. De haberse dedicado al teatro, Kairnes podría haber hecho carrera interpretando personajes tenebrosos o impresionantes.

Pero se había consagrado por entero a dar vida a su papel de El Mago. A pesar de la truculencia que empleaba, lograba efectos de actor consumado.

YA OSCURECÍA CUANDO LOUIS BERNARD entró en el vestíbulo del local de la Hermandad. Al echar una ojeada al interior, comprobó con disgusto que Kairnes aún estaba en el estrado.

Un gran cartel anunciaba el acto junto a la puerta de entrada:

RESPUESTAS DE UN INICIADO
ANTE EL FIN DEL SIGLO
*Gran conferencia*
*de*
*Sacha Kairnes, El Mago*

Venciendo su renuencia, Bernard entró en la sala. Quería hablar a solas con Kairnes en cuanto acabara la charla. Soportaría sus disparates para tomarlo por su cuenta antes de que pasara a otras actividades.

No menos de doscientas personas escuchaban a El Mago con gran atención. Era gente vestida humildemente en su mayor parte. Bernard reparó en que las mujeres eran mayoría en los asientos más cercanos al pintoresco orador. Kairnes siempre se había jactado de irradiar una sensualidad áspera que era muy del agrado de las damas.

La voz de El Mago atronaba la sala:

—Ciega e irresponsable, una gran parte de la sociedad vive de espaldas al mundo de lo desconocido. ¡Grave error! Se niega la existencia de los espíritus. Se hace burla de los que hablamos en su nombre. La industrialización, junto a ciertas ventajas, ha traído consigo grandes males. Se pisotean las verdades fundamentales. El materialismo quiere subir a los altares. ¡Insensata sustitución! ¿Creen, acaso, que las dimensiones ocultas dejan de influir en nuestras vidas porque se niegue su existencia?

Pese a que intentaba ocupar su mente en lo que iba a decirle a Kairnes, Louis Bernard no conseguía abstraerse de aquellas palabras que sonaban como redobles de tambor. Y le producían una aversión sin límites. Las personas como El Mago eran responsables del desprestigio que frenaba la difusión de las teorías metapsíquicas honestas.

Como un augur, Kairnes continuaba perorando:

—Estamos muy cerca del fin del siglo. Eso nadie puede negarlo, ni aun los más escépticos —aquí sonrió entre dientes, celebrando su ocurrencia improvisada—. Y no será un cambio de centuria como los precedentes, puedo asegurároslo. Vamos a entrar en una época en la que los hombres temblarán. El siglo XX traerá grandes horrores ocultos en su vientre. ¡Y se producirán desde el primer momento! En los astros está escrito para advertencia de aquellos que no cierren sus oídos y su mente. Habrá un gran número de infortunios y desastres. Enfermedades misteriosas del cuerpo y del espíritu. Extraños asesinatos dictados por nuevas formas de locura. Catástrofes naturales. Partos monstruosos. Guerras encarnizadas. Confusión y llanto. ¡Ay de aquellos que no estén debidamente preparados! ¡Mil veces perdidos se verán los que sólo se aferren a las contingencias materiales, porque éstas se les desintegrarán entre las manos! ¡Sus burlas ante lo sobrenatural se convertirán en arrepentimiento demasiado tarde!

Bernard dedujo con alivio que la sarta de exageraciones estaba tocando a su fin. La técnica propagandística de Kairnes era, en realidad, muy simple. Sembraba las más alarmantes inquietudes para, finalmente, ofrecer esperanzas ilusorias en forma de los *servicios* que dispensaba la Hermandad.

Las siguientes palabras del orador respondieron exactamente a lo previsible.

—Quienes nos hemos impuesto la misión de aportar respuestas a nuestros semejantes, no podemos concedernos descanso ante las difíciles pruebas que nos aguardan. En estos días de fin de siglo nos tenéis, más que nunca, a vuestro servicio. Os hablaremos del verdadero conocimiento que emana de los espíritus. ¡Juntos podremos conjurar lo aciago y lo que infunde pavor a las almas mal aconsejadas! ¡Os enseñaremos a salir victoriosos de los horrores venideros!

Cuando ya iba a dar por acabada su conferencia con una efectista frase final, El Mago advirtió sorprendido la presencia de Louis Bernard al fondo de la sala. Enseguida improvisó unas palabras que todos tomaron al pie de la letra, con la única excepción de Bernard, que era el destinatario del sarcasmo:

—En las horas difíciles, incluso aquellos que más se han distinguido en escarnecernos y combatirnos, aquellos que se llamaron amigos nuestros y renegaron de nuestra amistad después, acuden de nuevo a nosotros en demanda de consejo. Saben que, olvidando afrentas y ofensas, siempre estamos dispuestos a tenderles la mano, como a todos vosotros, amigos, que esta tarde me habéis escuchado. Gracias.

Sacha Kairnes recibió muchos aplausos, calurosos y casi unánimes. Siguiendo su costumbre, El Mago no se inclinó ante su auditorio. Permaneció unos instantes erguido y mayestático, fingiendo una elevación moral que lo hacía insensible al batir de las palmas. Después hizo un gesto de despedida y se retiró con rapidez del estrado.

Bernard se abrió paso entre los espectadores sin pérdida de

tiempo. Golpeó con los nudillos la puerta por la que El Mago había desaparecido y abrió sin esperar respuesta.

El cuarto era una mezcla de camerino teatral y gabinete astrológico. Las paredes estaban decoradas con dibujos zodiacales de dudoso gusto. El Mago se estaba quitando el medallón que había lucido en escena. No se sorprendió al ver entrar a Bernard. Con sorna, le dijo:

—Doy la bienvenida a la oveja descarriada.

—Tu desvergüenza no conoce límites.

Lejos de molestarse, Kairnes prosiguió de buen talante:

—Me alegra que hayas venido. Esta tarde he estado magnífico, ¿verdad? ¿Lo has oído todo, desde el principio?

—Por suerte, no. Sólo los minutos finales.

—Bueno, han sido los mejores. ¿Has visto cómo me aplaudían?

—Los charlatanes como tú desprecian a quienes los aclaman.

—¿Tan cínico me crees?

—Bien lo sabes.

De manera menos displicente, dijo Kairnes:

—Cuando quieras, te cedo el estrado. Sí, de veras. Puedes venir a hablarles. Sin interferencias por mi parte. A ver si los convences. Aunque, te lo advierto: otros lo han intentado. ¿Adivinas con qué resultado? Sí, me sientan bien los ataques. En parte, mi popularidad se nutre de ellos. De modo que ya lo sabes: si gustas, adelante.

—Mal me lo pones. No quiero que tu fama sea aún mayor. Cuando quiera hablar, buscaré otro escenario.

—Ya veo que sigues pensando que mis alocuciones son meras farsas. Pero yo sé emplear el tono que mejor llega a las conciencias. Para convencer a los tibios o indiferentes tiene más valor una de mis frases incendiarias que todos tus tratados y escritos. Algún día lo comprenderás.

—¡Por favor! No he venido a abrir viejas heridas. Desde que tú te convertiste en El Mago, nuestras posiciones están enfrentadas. Y, mientras sigas practicando la impostura, continuarán estándolo.

A Kairnes le costaba cada vez más conservar su aparente calma, pero aún lo consiguió mientras decía:

—Tú consideras que todo lo que hace la Hermandad es engaño y superchería, ya lo sé. No niego que en parte lo sea. Es inevitable.

¿Cómo, si no, contentar a todo el mundo? Pero aquí hay también clarividentes y médiums auténticos, te lo aseguro.

—Ya. Por eso te has negado siempre a que fuesen investigados.

El Mago estalló al fin:

—¿Por quienes sólo pretenderían llegar a dictámenes negativos, decididos de antemano? No, Louis. Mientras yo esté aquí, nadie vendrá a confundir a las gentes de la Hermandad ni a hacerles confesar presuntos fraudes. Si yo lo consintiera, incurriría en deslealtad para con ellos. No lo haré jamás.

—Puedes ahorrarte las demostraciones de dignidad. Nos conocemos demasiado.

—¡Las cosas no son sólo blancas o negras, y tú aún no te has enterado!

Bernard hizo un gesto de cansancio.

—No quiero discutir. Estoy aquí porque necesito preguntarte algo.

—¡Me sorprendes! ¡El honesto Louis Bernard preguntándole algo al impostor, a El Mago tabernario, hez del ocultismo! ¿No era así cómo me llamabais Edgar Nègre y tú? ¿No te estarás rebajando demasiado, Louis?

—Si no quieres oír la pregunta, lo dejamos.

Kairnes, calmándose, sonrió y dijo:

—Mira por dónde, tengo curiosidad. ¿De qué se trata?

—Nos ha llegado una información muy peculiar. Según parece, una institución de la ciudad cuenta con la ayuda de un vidente o médium de facultades extraordinarias. ¿Qué sabes tú de eso?

—¿Ésta es la pregunta? Te has equivocado de puerta. ¿Cómo voy yo a saber lo que las instituciones se traen entre manos?

—Puedes saberlo si les has colado un médium falso.

—Ah, claro. Como, según vosotros, en la Hermandad hay tantos, los podemos ceder a un precio razonable. ¡Por favor!

—Estoy hablando muy en serio, Sacha. Se trata de una cuestión de la mayor importancia para mí. Si hay alguien en París capaz de adiestrar a una persona para que simule facultades excepcionales por un tiempo, sin que los no especialistas se den cuenta, ese alguien eres tú. Actuando como artífice en la sombra, por supuesto. En eso, tu maestría está acreditada.

El Mago reaccionó burlonamente:

—¡Vaya, al fin me reconoces un mérito, aunque no es muy honorable que digamos!

Serio y grave, Bernard insistió:

—Te lo pido como favor especial. Si es un médium falso, necesito saberlo. No saldrá de mí. Te doy mi palabra. Sabes el valor que siempre le he dado.

Kairnes reflexionó unos momentos y dijo:

—Me pones en una situación difícil. Si te digo que no sé nada del asunto, aunque sea la verdad, pensarás que estoy protegiendo a mi enviado de los riesgos del engaño. Y si te digo que me consta que es un médium falso, pensarás que, sin saber nada, quiero dármelas de enterado y apuntarme un tanto. Diga lo que diga, no me creerás. ¿Para qué voy a molestarme en contestar?

—Déjate de juegos de palabras, te lo ruego. Si me das la información, obtendrás algo valioso a cambio. Palabra de honor, Sacha.

—¿A qué estamos jugando? ¿Qué es lo que me darás?

—Lo sabrás cuando haya comprobado que me has dicho la verdad. No me volveré atrás, lo sabes.

—Bien mirado, puede ganarse ese premio del modo más fácil. Aunque no tenga ni idea, te digo que es un montaje y casi seguro que acierto. ¿No has dicho tú siempre que los sensitivos auténticos son muy escasos?

Mirándolo fijamente, Bernard le dijo a Kairnes:

—Voy a decirte en qué consiste la contrapartida: se está preparando una nueva acción judicial contra ti y contra este antro.

El Mago hizo un gesto despreciativo y replicó enseguida:

—No me preocupa. ¡He capeado ya tantas!

—¡Cuidado! Esta vez va muy en serio. Hay testigos de cargo por estafa. Por lo visto, últimamente se os ha ido la mano.

Kairnes empezaba a parecer preocupado. Preguntó:

—¿Quién promueve la acción?

—El Centro Teosófico.

—¡Edgar Nègre! Me lo figuraba. No descansará hasta que lo escarmiente de verdad.

—Presta atención: si me das la respuesta que te he pedido, la denuncia no será cursada.

—¿Cómo lo impedirás? Edgar y tú estáis más distanciados que nunca.

—Gabrielle tiene mucha influencia sobre él. Por mí, la utilizará.

—Ya veo. Bien, te tomo la palabra. Nadie ha colado un médium falso en ninguna institución. De haber sido así, yo lo sabría; seguro. Pon la mano en el fuego: si existe tal vidente, es auténtico.

—Gracias. Si me has dicho la verdad, sabré hacer honor a mi palabra.

—Estaré en guardia.

Bernard no quería continuar con Kairnes ni un segundo más. Al salir del cuarto, le dijo:

—Y de ahora en adelante mira mejor lo que haces. No creas que siempre saldrás tan bien librado.

El Mago permaneció un largo rato absorto, pensando. Tenía la sensación de que Bernard le había estado ocultando algo más grave. Pero no era capaz de intuir de qué se trataba.

# 8 *Un asesinato ante las cámaras*

ALPHONSE Eyraud estaba considerado como el príncipe de los fotógrafos retratistas del París de fin de siglo. Por su estudio desfilaban importantes personajes y gentes acomodadas que aspiraban a la nueva forma de *inmortalidad* brindada por la fotografía, con el añadido prestigioso de la firma de Eyraud.

El estudio guardaba una cierta semejanza con un escenario de teatro. Disponía de una buena provisión de elementos escenográficos para ambientar los retratos. Eyraud presumía de hacerlos siempre personalizados. Para ello, cada cliente podía situarse ante la cámara con un telón pintado a sus espaldas, elegido entre más de un centenar, y con elementos arquitectónicos corpóreos a su alrededor, para mejor resaltar y ennoblecer su estampa.

Había allí columnas de diversos estilos y alturas, estatuas desnudas y vestidas, cariátides, pequeños arcos, pedestales, molduras, espejos y un amplio surtido de cortinajes. Casi todo, en materiales livianos que facilitaban rápidos cambios de decorado.

Los telones pintados eran de lo más variado. Desde paisajes y escenas al aire libre hasta interiores de palacios o catedrales, pasando por salones exóticos, estampas medievales, fantasías oníricas y casi todo lo que pudiera desearse.

Tampoco faltaban disfraces, pelucas, objetos de utilería y los complementos necesarios para satisfacer los caprichos de quienes iban a someterse a la instantánea. Eyraud tenía dotes de director de escena. Le gustaba convencer a sus clientes más atrevidos para que adoptaran diversas personalidades y aspectos en los retratos. Así incrementaba aún más sus ganancias, que no eran escasas.

La mujer encargada de la limpieza del estudio de Eyraud profirió un grito desgarrador a primera hora de la mañana del 7 de junio. Después salió a la calle pidiendo auxilio. Su alboroto atrajo enseguida a un buen número de vecinos y curiosos.

La mujer tenía motivo para comportarse de aquel modo. Al entrar en el estudio había encontrado a Alphonse Eyraud caído en el suelo, con un apéndice estremecedor: de su pecho surgía el mango de un afilado cuchillo. La hoja, alojada en el cuerpo, se adentraba hasta el corazón del fotógrafo.

La muerte se había producido sobre las nueve de la noche del día anterior. A su llegada, la policía observó que en el cuaderno de citas de Eyraud faltaba la hoja correspondiente al día 6. Todo hacía pensar que el asesino la había arrancado porque su nombre figuraba allí.

El retratista tenía su domicilio privado en otro lugar de París. Su silencio no había alarmado a los suyos porque solía quedarse algunas noches en el estudio, donde tenía también el laboratorio, sin previo aviso.

Más tarde, los oficiales de homicidios se percataron de un hecho que atrajo inmeditamente su atención. En la cámara principal que Alphonse Eyraud tenía montada en el estudio había una placa impresionada.

Los técnicos de la policía procedieron enseguida a su positivado. Así descubrieron que el asesino se había permitido una caprichosa acción final. En la imagen, deficientemente iluminada, podía verse a Eyraud, ya apuñalado y con toda probabilidad sin vida, tal como fue encontrado al día siguiente.

El agresor había convertido a Alphonse Eyraud en el protagonista de la terrible instantánea que marcaba el fin de su vida y de su dedicación a la fotografía.

Los malos presagios del subprefecto Herbau se confirmaban. Ya tenía un nuevo asesinato con circunstancias extrañas y víctima popular al que enfrentarse.

A LOUIS BERNARD no le resultó difícil averiguar las señas del domicilio de Germaine Fox. Las encontró en el anuario de actores y músicos.

La villa estaba situada en una calle apacible del distrito de Bonne-Nouvelle. Constaba de dos plantas y tenía alrededor un jardín pequeño pero bien cuidado. Allí, en compañía de dos criadas y una colección de gatos, había vivido la actriz durante los últimos ocho años. A la luz del atardecer, la finca tenía un aspecto solitario.

La presencia de Bernard en las inmediaciones de la casa obedecía a una mezcla de corazonada y de cálculo. Si merodeaba anónimamente por allí, pensaba, sin hacerse notar demasiado, acaso la suerte pudiese favorecerle con algún descubrimiento interesante.

Tras observar la villa un largo rato por encima de la verja, examinó los alrededores en busca de algún lugar que le sirviera como puesto de observación disimulado.

En eso estaba cuando, al dirigir otra vez su mirada hacia la villa de la Fox, vio a un hombre calvo que atisbaba por entre los visillos de una de las ventanas altas. La cabeza se retiró inmediatamente, pero el movimiento en las telas perduró unos instantes.

Bernard se preguntó enseguida si no sería el misterioso médium. ¿Acaso estaba en la casa para sondear los ecos dejados por la muerta?

Pronto se dijo que su suerte no podía ser tanta. Pero se hizo el propósito de no desaprovechar la menor averiguación o ventaja que aquella situación le deparara.

Más decididamente que antes, buscó dónde ocultarse.

No le dio tiempo a encontrar el sitio adecuado. De pronto, un hombre salió de una finca próxima y se encaminó hacia él rápidamente.

—Policía. Hágame el favor de entrar por aquella puerta —ordenó, indicando la verja de Germaine Fox.

Bernard lamentó su imprudencia. Se había dejado ver por allí sin prever que la casa podía estar vigilada. De todos modos, enseguida se tranquilizó. No era una situación irreparable. Lo habían visto pararse ante la villa y mirarla. Pero eso, por sí solo, nada demostraba. El edificio era hermoso: podía atraer la atención de un paseante.

Bernard reaccionó con cordura. Para no poner de manifiesto que sabía que aquélla era la casa de una mujer asesinada, simuló extrañeza y contrariedad y, con una cierta altanería, opuso:

—¿Por qué se supone que tengo que entrar ahí? Mis asuntos están en otra parte.

—Ya veremos dónde están. Entre.

Pese a que estaba claro que no lograría librarse de aquel individuo, Bernard persistió en su resistencia:

—¿Con qué derecho me aborda así? Si de verdad es policía, mejor haría ocupándose de…

Antes de que terminara la frase, la verja se abrió dando paso al hombre calvo que antes había aparecido en la ventana. En un tono algo más amable, le dijo a Bernard:

—No se preocupe, señor. No le molestaremos más de lo necesario. Se trata de una diligencia especial. Le ruego que se sirva entrar.

No parecía muy adecuado seguir negándose. Con un estudiado ademán de incomodidad, Bernard accedió.

El calvo cerró la verja desde el interior y dijo:

—Será poco tiempo, pero estaremos mejor dentro.

Mientras los dos caminaban por la grava del jardín en dirección a la casa, el hombre que había quedado fuera se alejaba apresuradamente calle abajo. Sus rápidos pasos resonaban en el silencio de la calle.

—Espero que sea como dice —comentó Bernard—. No puedo demorarme mucho aquí.

El calvo no respondió. Ambos entraron en el amplio vestíbulo de la villa. Excepto dos sillas, todo el mobiliario estaba cubierto con lienzos blancos. Sin duda, la policía había cuidado los detalles. Así se lograba una falsa apariencia de normalidad. Se daba a entender que Germaine Fox estaba ausente de su casa de París por haberse trasladado a algún lugar de descanso estival tras el fin de la temporada. La casa había sido acondicionada como debía estarlo en tales circunstancias.

El calvo se sentó en una de las sillas descubiertas y pareció olvidarse de Bernard, quien permaneció de pie para mejor demostrar impaciencia.

Pero no era impaciencia, sino inquietud, lo que sentía. Estaba retenido y no sabía por qué. No obstante, confiaba aún en que el incidente tuviera un desenlace rápido y sin consecuencias desagradables.

Pasados unos minutos sin que el calvo dijera o hiciese nada, Bernard alegó:

—Empiezo a darme cuenta de que mi presencia aquí no tiene objeto.

Con voz desganada, el policía reveló:

—Esperamos a un oficial superior. Él es quien practicará la diligencia. Estará aquí en unos momentos.

Tenía razón. No tardó en llegar un coche oficial. El calvo abrió la puerta del vestíbulo al apercibirse de que su superior avanzaba resueltamente por el jardín.

El inspector jefe Jules Stassin clavó su mirada en Bernard, estudiándolo sin disimulo. Luego le dijo al subordinado:

—Hablaré a solas con el señor. Usted sitúese en la parte de atrás.

El calvo obedeció con prontitud. A continuación, Stassin pareció adoptar una actitud más distendida. Con su aspecto cuidado e impecable, más parecía un elegante abogado que un policía cuando le preguntó a Bernard:

—¿Me hace el favor de decirme su nombre, señor?

El retenido ya había pensado que iba a tener que identificarse. Descartó la idea de mentir: sólo podría acarrearle complicaciones innecesarias.

—Soy Louis Bernard, ciudadano de París.

—Stassin —se presentó sumariamente el inspector, mientras parecía rebuscar en su memoria el nombre de Bernard—. ¿Su profesión?

Aquella segunda pregunta era más espinosa. Optó por la ambigüedad.

—Escritor.

—¿Novelista, comediógrafo, libretista...?

—Mi disciplina es el ensayo filosófico.

Stassin sonrió levemente.

—¿No sería más exacto denominarlo... metapsíquico?

Bernard tuvo un ligero sobresalto.

—¿Me conoce?

—Para ser preciso, diré que tengo idea de quién es usted. Desde hace unos días solamente.

Las conclusiones del barón Latour parecían confirmarse. La infidelidad de Gaston Lombard había sido descubierta.

—¿Qué motivo lo llevó a interesarse por mis actividades? —preguntó Bernard con aire de sorpresa.

—Por unos casos de asesinato que tengo asignados he necesitado saber algo de los principales núcleos y personalidades de los círculos ocultistas de París. Así he podido averiguar que usted es una de las figuras más respetadas y prestigiosas en esos ambientes. Bien, celebro conocerle personalmente, señor Bernard.

Por iniciativa de Stassin, hubo un vigoroso apretón de manos.

—Hablaremos francamente, si a usted no le importa —continuó el policía—. Pero pasemos al salón. Aquí todo desprende una atmósfera mortuoria. Utilicemos al menos unos asientos confortables.

Los muebles del salón, como todos los que Bernard vio en otras habitaciones, estaban cubiertos con telas blancas. Aquello no impidió, sin embargo, que los dos hombres se instalaran en sendos butacones.

—Si mis deducciones no son erróneas —dijo Stassin—, usted es una de las personas que recibieron ciertas informaciones indebidas de boca de Gaston Lombard. En su propio beneficio, le ruego que me diga si es cierto o no.

Llegados a aquel punto, Bernard no vio más salida que confirmárselo.

—Sí, lo es.

—Por eso ha venido usted aquí, ¿verdad?

—En efecto.

—¿Fue uno de ustedes quien acudió la otra noche al domicilio del individuo que he nombrado y preguntó por su paradero a su hermanastra?

—Era un doméstico enviado por nosotros.

—Bien. Me alegro de su sinceridad porque me hace creer que podremos entendernos.

—¿Qué ha sido de Lombard?

Sin alterarse, pero dejando entrever una indignación contenida, Stassin explicó:

—Oficialmente, está apartado del servicio. La realidad es algo distinta: después del primer interrogatorio a que fue sometido, cometió el error de darse a la fuga. Pero ya había reconocido que introdujo a dos miembros de un grupo ocultista en el teatro Racine. Nos faltaba conocer sus nombres. Ahora, gracias a su venida, podemos llegar más al fondo. ¿Quién le acompañaba la noche del asesinato de Germaine Fox? ¿El barón Latour tal vez?

—Sí. Lombard se había dirigido a él en primer lugar.

—Claro, claro. Es un hombre adinerado. Gaston lo tuvo muy en cuenta al seleccionarlo. Lástima. No disponemos de muchos confidentes de la valía de Lombard. Cierto que a veces era difícil manejarlo, pero se trataba de un informador valioso. No obstante, después de la imperdonable torpeza que ha cometido, se acabó. No podremos volver a confiar en él. Se ha extralimitado gravemente y los ha comprometido a ustedes.

—Nosotros no hemos incurrido en delito alguno.

—No lo estoy afirmando. Aunque habría que ver qué calificación penal le corresponde a un intento de comprar información policial reservada.

—No hubo tal intento. Nos limitamos a recibir a Lombard y a escuchar lo que decía. La iniciativa partió de él. No lo indujimos a nada que no estuviera ya decidido a hacer. Nuestra actitud fue meramente receptiva, y no divulgamos ni una palabra de lo que él nos comunicó.

—No es necesario que discutamos acerca de sutilezas legales, señor Bernard. La situación es más grave que todo eso. Ha habido un tercer asesinato. Y la víctima es también una persona popular: el fotógrafo retratista Alphonse Eyraud. ¿Se da cuenta? Ya tenemos una trilogía de crímenes poco corrientes. Y lo peor de esas fatídicas rachas es que uno nunca sabe cuándo acabarán.

—¿Se sospecha que los tres homicidios son obra de un mismo culpable?

—Es una posibilidad que hemos descartado. En los tres subyace una especie de voluntad desafiante. Pero son obra de asesinos distintos. Lo que puede relacionarlos es la emulación criminal. En ocasiones, un asesinato de particular morbosidad genera imitaciones. Se dan homicidios semejantes en cadena, causados por distintas manos. Si no se descubre a los primeros culpables, la racha tiende a intensificarse. Por fortuna, el asesinato de Germaine Fox es todavía un secreto que muy pocas personas conocen. El de Bresse, en cambio, fue lo bastante divulgado como para haber producido émulos.

—¿Se mantendrá también en secreto la muerte del fotógrafo Eyraud?

—Imposible. Medio barrio está enterado. No hay forma de tenerlos a todos callados. La noticia ya está corriendo por la ciudad. Mañana saltará a los periódicos. De todos modos, le diré en confianza que no soy muy partidario de ocultar los casos difíciles de asesinato. Si el secreto revienta antes de que se haya descubierto al culpable, el escándalo es mucho mayor, precisamente por haber intentado evitarlo. El caso Fox, sin ir más lejos, estallará en cualquier momento. Los allegados y las dos criadas están soportando una tensión muy grande. No podrán seguir fingiendo ante los demás. Y cualquiera de los actores enterados del hecho se irá de la lengua, si no lo ha hecho ya. Los intimidamos para que se estuvieran callados, pero, cada día que pasa, los efectos de nuestra presión se debilitan.

—¿Han avanzado en la investigación de alguno de los tres casos?

—De eso quiero hablarle. Dígame con sinceridad, ¿cree usted que un médium superdotado puede entrar en comunicación con los espíritus de personas asesinadas?

A partir de aquel momento, la conversación adquirió mucho interés para Louis Bernard. Stassin había introducido la cuestión que más le interesaba. Con toda seriedad, respondió:

—No soy un obcecado ni un fanático, pero, con todas las reservas del mundo, porque hay muchos fenómenos que no son lo que parecen a simple vista, le diré que en algún caso muy excepcional sí puede considerarse posible. Le hablo en función de mi experiencia práctica, no basándome en suposiciones o creencias. Ahora bien, no siempre que un sensitivo tiene acceso a aspectos desconocidos de una situación hemos de suponer que ese conocimiento proviene de un espíritu. Las percepciones de un clarividente pueden tener orígenes muy diversos, explicables en la metapsíquica, sin que los espíritus intervengan en ellas.

Stassin reflexionó en silencio. Bernard sentía deseos de hacerle a su vez varias preguntas, pero no quiso rebasar los límites de lo que el otro estaba dispuesto a decirle. Esperó.

—No intentaré desmentir algo que ya le consta a usted, si bien confusamente —prosiguió el inspector—. La grave indiscreción de Lombard ya no tiene arreglo. Por tanto, se impone una actitud inteligente y práctica. El subprefecto Herbau, mi superior inmediato, me ha comisionado para que llegue a un acuerdo con usted.

—Cuente con mi mejor disposición —dijo Bernard, empezando a alimentar esperanzas.

—La primera condición, indispensable, es el secreto más absoluto de cuanto hablemos y convengamos. Aunque den resultados formidables, pasará mucho tiempo antes de que nosotros admitamos públicamente, si alguna vez llegamos a hacerlo, que confiamos en médiums. Es más: si alguien lo insinuara, lo negaríamos rotundamente y perseguiríamos a esa persona por calumnia y escarnio contra la policía.

—Lo comprendo. Es un terreno muy resbaladizo.

—En mí encontraría usted a un escéptico irreductible de no ser porque el médium que colabora con nosotros, en pocos días, me ha hecho dudar. Casi no me reconozco admitiendo la posibilidad de que un psíquico pueda marcarnos el camino a seguir en casos de asesinato. Pero debo reconocer que así es, aunque no podré pronunciarme de manera categórica hasta que alcancemos resultados concretos.

—¿Cómo entraron en contacto con ese hombre? ¿Se ofreció él mismo?

—No, al contrario. Se resistió bastante. Es de Reims. Allí obtuvo éxitos muy destacados. Colaborando con la policía local, logró seis aciertos espectaculares sobre un total de ocho casos. Yo promoví su traslado a París. Me costó mucho convencer al subprefecto, casi me indispuse con él por esta causa. Pero creo que al fin va a merecer la pena.

—Todo esto reviste la máxima importancia para mí.

—A ello iba, señor Bernard. El médium está a mi cargo. Yo soy, por así decir, su superior policial. Pero soy un completo profano en la materia. No sé cómo tratar a un personaje tan fuera de lo común. Menos aún sé cómo ayudarle para que su labor sea más fructífera. Creo que ni él mismo conoce sus límites. Me parece que necesita consejos expertos, orientación.

—Es muy probable. Todo sensitivo, por bueno que sea, debe

desarrollarse y evolucionar hasta alcanzar su perfeccionamiento óptimo y, por ende, su más alto nivel de posibilidades.

—Ahí está. Le solicito formalmente, en nombre propio y del subprefecto, que nos ayude a obtener el máximo rendimiento de ese hombre. Tenemos imperiosa necesidad de esclarecer cuanto antes los asesinatos de Bresse, Germaine Fox y Eyraud. Si el médium puede ayudarnos, que lo haga cuanto antes. Esos casos están quemando.

—No podría usted pedirme nada que fuera más conforme a mis deseos.

—¿Puedo, por tanto, decirle al subprefecto que usted se prestará a colaborar en la resolución de esos casos aunque todo deba permanecer en secreto por tiempo indefinido?

—Puede, sin duda alguna. Deseo que el asesino o asesinos sean castigados. Para mí será un honor poder contribuir en algo a ello. Y aún lo será más tener la oportunidad de conocer a un sensitivo tan relevante como el hombre de Reims. ¿Cuándo podré empezar a trabajar con él?

—Lo antes posible.

—Por mi parte, desde este mismo instante.

—Gracias. Deberé antes comunicarle nuestro acuerdo al subprefecto para que él nos dé su aprobación final. Será cosa de unas horas. Le convocaré a usted de inmediato.

—¿Tiene mis señas privadas?

—Sí, las conocemos, descuide. La convocatoria se hará lo más discretamente posible. Celebro que nos hayamos entendido.

# 9 *En un almacén del Sena*

TRAS su inesperado encuentro con Jules Stassin, Bernard utilizó un coche de alquiler para dirigirse con premura a la Casa de Salud de los doctores Bauer y Raynal, en las proximidades del Bois de Boulogne.

Al entrar en el vestíbulo de la institución, le dijo al celador de la puerta principal:

—Pido disculpas. Llego más tarde de lo acostumbrado.

—Pronto van a dar las cenas —dijo el hombre, ceñudo—, pero su esposa aún está en el jardín. Vaya si quiere.

Bernard pasó directamente del zaguán al jardín. Como no vio a nadie, rodeó el edificio hasta llegar a la zona posterior.

Allí estaba Blanche, su antigua colaboradora y actual mujer, en compañía de una enfermera. Las dos compartían uno de los bancos de madera a disposición de los internos.

A la luz menguante del atardecer, las dos figuras, inmóviles, parecían formar un modesto grupo escultórico dedicado al ocaso.

Dándose cuenta de la presencia de Louis Bernard, la enfermera se alejó hacia un extremo del jardín para no perturbar la intimidad del encuentro.

—¿Cómo te encuentras esta tarde, Blanche? —preguntó Bernard, afectuoso.

—Igual. Estoy esperándote desde las cinco. Ya pensaba que no vendrías.

—Lo siento. Un asunto ineludible me ha retenido hasta ahora.

—¿Algo anda mal también para ti? —Blanche se esforzaba por parecer aceptablemente tranquila, pero Bernard se dio cuenta de que estaba tensa.

—Era una gestión para el barón Latour. Nada que deba inquietarte —mintió. Lo último que iba a hacer era hablarle a Blanche del médium de la policía. En los últimos tiempos, la metapsíquica era una materia casi prohibida en sus conversaciones—. Y, ya ves, a pesar de que era tarde, he venido.

—Eres muy amable conmigo —dijo ella, muy fría.

—No vuelvas con lo mismo. Sabes que no sólo es amabilidad.

—He estado pensando. Tengo que pedirte algo.

—Si está en mi mano, puedes darlo por hecho.

—Lo está. No quiero que te sientas atado a mí ni obligado a preocuparte siempre por mi estado.

Bernard protestó enseguida, aunque sin mucha intensidad:

—Los sentimientos y las obligaciones son cosas distintas.

—Pero están emparentadas —se obstinó Blanche, con la mirada perdida en la lejanía—. No sabemos qué nos espera en el futuro. Quizá estemos separados mucho tiempo, o siempre. ¡Quién sabe!

Bernard intentó animarla:

—No digas eso. En casa está todo preparado, todo a tu gusto, porque sé que volverás muy pronto. Tus estancias aquí nunca han sido prolongadas.

Ella opuso con pesadumbre:

—Esta vez no será como las otras. Ni siquiera sé si volveré.

—Claro que sí, Blanche. Como siempre —aseguró Bernard, con una animosa convicción que le requería mucho esfuerzo; muchas veces había pensado que, si el deterioro mental de Blanche avanzaba, no habría más solución que tenerla internada de modo permanente—. No te entristezcas con ideas exageradas. Tu excesiva imaginación te hace daño.

—La imaginación me abandonó hace mucho tiempo, Louis. Ahora sólo veo lo inmediato. Por eso quiero pedirte que no vengas a verme en unos días. Será menos agobiante para ti.

Bernard pensó que aquella petición nacía de la idea de que acudir a visitarla era un deber penoso y desagradable. En parte, tenía razón. Pero se propuso convencerla, una vez más, de lo contrario.

—Lo que me pides no es sensato. Necesito verte y saber de ti varias veces por semana.

—Sabrás de mí igualmente. El doctor te mandará recados.

—Sin la presencia viva, los recados no son nada.

—Haz lo que te pido, Louis. Quiero probarme. Déjame averiguar si soy capaz de estar un tiempo sin tener contacto contigo. Necesito acostumbrarme. Puede que más adelante mi situación sea así. He de estar preparada.

Por primera vez, Bernard creyó notar en ella resentimiento y aversión. No obstante, trató de seguir en el papel humanitario que representaba:

—No tienes que someterte a pruebas que no te hacen falta. Seguiré viniendo como hasta ahora. Deja de atormentarte con temores injustificados.

—Por favor, Louis. No convirtamos esto en una discusión. Ya hemos tenido bastantes. No me quedan fuerzas para sostener ni una más. Te lo ruego: déjame confiar en mí y sólo en mí por un tiempo. Me hará bien.

El retorno de la enfermera puso fin a la conversación.

—Con su permiso, señor Bernard, acompañaré a la señora al comedor. Es la hora.

El centro era muy estricto en materia de horarios. Estaban considerados como parte de la terapia. Bernard sólo añadió:

—De acuerdo, Blanche. Lo probaremos, ya que así lo quieres. No te preocupes. Tú piensa sólo en volver pronto a casa.

Las dos mujeres se alejaron. Bernard, pensativo, las vio entrar en el pabellón donde se servían las comidas. Después se dirigió al edificio principal. El celador continuaba en su puesto.

—¿Podría ver un minuto al doctor Raynal? —preguntó Bernard.

—¿A estas horas? —se extrañó el hombre, arqueando las cejas en actitud disuasoria.

—No quiero saber la hora, sino hablar con Raynal —exigió Bernard, cuya contribución a las finanzas de la Casa no era desdeñable—. ¿Podrá recibirme ahora?

—Espere —rezongó el celador, molesto por la intempestiva petición—. Voy a ver.

El doctor apareció con una prontitud sorprendente, como si hubiese estado esperando que Bernard solicitara hablar con él. Su figura, algo encorvada, se inclinó aún más al hacer una leve reverencia.

—Pase, por favor. Aquí podremos hablar cómodamente —dijo

el alienista, más amable que en otras ocasiones, indicándole la entrada de una pequeña sala de visitas.

Bernard le expuso lo más relevante de la conversación que acababa de tener con Blanche, y luego planteó:

—Me gustaría conocer su opinión, doctor. ¿La ayudará a ella en algo que yo no venga por aquí durante unos días?

—No me atrevería a asegurarlo.

—¿Entonces?

—Pero tampoco afirmo lo contrario. Por tanto, mi consejo es que cumpla lo que su mujer le ha pedido. Suspenda sus visitas hasta nuevo aviso. Nosotros observaremos los efectos y actuaremos en consecuencia.

—Me desagrada este alejamiento transitorio, aunque sea ella quien lo solicita.

—No se angustie por eso. Señor Bernard, a causa de unos hechos pasados, usted vive desde hace años bajo el peso de una fuerte sensación de culpa.

—No puedo negarlo.

—Y por ello se le hace difícil aceptar cualquier variación que le parezca un acto de abandono hacia su esposa.

—Sí, me influye, es verdad.

—Pues olvide sus remordimientos en esta ocasión. Ella también quiere alejar las sombras del pasado. Ayúdela. Un exceso de protección no es siempre lo más aconsejable. Su mujer quiere alimentar la ilusión de que podrá recuperar su independencia personal, comenzar de nuevo, hacer tabla rasa. Se trata de algo simbólico, claro. Difícilmente logrará valerse de verdad por sí misma. Pero quizá esa ilusión la conforte en los próximos días. Merece la pena probarlo. Ella está motivada. Eso, en principio, es favorable. Contrarresta la apatía de su enfermedad.

—En tal caso, será mejor que acepte sus consejos —dijo Bernard, con semblante preocupado.

—No se inquiete más de lo necesario —dijo Raynal, observando a su interlocutor como si quisiera adivinar en él los pensamientos que no expresaba de viva voz—. Si se produce alguna novedad, le avisaremos. Entretanto, quede usted libre de cuidado. También le resultará saludable.

—Gracias, doctor —dijo Bernard secamente—. Procuraré seguir sus indicaciones.

EN UNA DEPENDENCIA escasamente iluminada de la prefectura, un hombre, tendido en un diván, murmuraba en voz tenue:

—Intentaré explicarme con claridad. Los espíritus de los asesinados permanecen mucho tiempo en el lugar donde sus cuerpos han sufrido la muerte súbita. Se encuentran en un estado de enorme desconcierto. No les es posible comprender qué les ha ocurrido ni dónde están. Aún creen estar ocupando el cuerpo material que habitaron. Pero no logran entender por qué no se sienten como antes. Vagan por el escenario del crimen, tratando de encontrarse, en una oscuridad que les es totalmente extraña.

Sentado cerca del hombre que hablaba, el inspector jefe Stassin anotaba algunas de las frases sin decir palabra.

—Por ello, cuando establecemos contacto con esos espíritus sumidos en la confusión, tenemos que ayudarlos a comprender y asumir su nuevo estado. De esta manera podrán recordar las circunstancias de su muerte. Será entones cuando estén en condiciones de darnos información directa de la agresión de que fueron víctimas. Deberemos poner mucho cuidado en deslindar si el espíritu comunicante es verdaderamente el de la persona asesinada u otro que por desconocidas causas finja serlo, lo que nos llevaría a conclusiones falsas. ¿Me sigue?

—Continúe —dijo Stassin.

—Pero si en verdad quien se nos manifiesta es el ser espiritual cuyo cuerpo ha sido objeto de homicidio, dispondremos del mejor y más genuino testigo como guía en las investigaciones.

—Una pregunta especulativa —dijo Stassin—: ¿podríamos ver algún día una testificación sobrenatural debidamente autentificada ante un tribunal de justicia o en presencia de un juez de instrucción? Me refiero a una manifestación patente y explícita, no dejada al arbitrio o interpretación de un médium como usted.

El hombre tendido se tomó un tiempo antes de responder.

—No podemos descartar esa posibilidad. Pero nos queda mucho que aprender todavía. Hay que avanzar paso a paso. Cuando hayamos perfeccionado nuestras vías de acceso a los espíritus, viviremos hechos extraordinarios. No podemos ni imaginar las enormes consecuencias que tendrán en la vida social. Sí, una de ellas podría ser la que usted apunta: el espíritu de un asesinado manifestándose en la sala de audiencias como testigo de cargo contra su agresor. Un avance fundamental en la lucha contra el crimen.

—Bien —dijo Stassin de modo expeditivo—. Vayamos a los hechos concretos. Usted nos ha dado ya referencias específicas con respecto al asesinato del fotógrafo Eyraud. En pocas horas veremos adónde nos conducen. Estamos trabajando en ello. Por otra parte, hay otros dos casos en los que tenemos un máximo interés: los homicidios de Henri Bresse y Germaine Fox. ¿En cuál ve más posibilidades?

—Es pronto aún para saberlo. Intentaré entrar en comunicación con los espíritus de los dos asesinados. Todo dependerá de sus respuestas.

Con una velada sonrisa, Jules Stassin aseguró:

—Demuéstrenos usted que es capaz de abrirnos paso hacia la detención de los asesinos y toda nuestra fuerza operativa actuará según sus indicaciones.

Tras un descanso, los dos hombres repitieron la conversación desde el principio.

TRAS LA VISITA A SU MUJER en la Casa de Salud de Bauer y Raynal, Louis Bernard, sumido en complejas reflexiones, llegó a su piso del *boulevard* Saint Germain.

Al abrirle la puerta, Sophie, su anciana criada, le anunció:

—Una señora le está esperando en el salón.

—¿Quién es?

Con más pesar que reticencia, Sophie especificó:

—Alguien que no debería estar aquí, señor.

La respuesta fue explícita para Bernard. Sophie era persona muy adicta a Blanche y veía con malos ojos a Gabrielle Lahrier, a la que consideraba con desdén como «la antigua amante del señor Bernard».

En los últimos tiempos, los encuentros entre ambos habían sido escasos, y siempre lejos del domicilio de Bernard, tanto si Blanche estaba en casa como si había tenido que ser internada. Por tanto, la decisión de Gabrielle al presentarse en el boulevard Saint Germain debía de obedecer a alguna causa apremiante.

Cuando Bernard entró silenciosamente en el salón, ella estaba sentada en una butaca que casi la ocultaba. Sólo su cabeza y uno de sus brazos eran visibles. Gabrielle, sin apercibirse de la proximidad del hombre, contemplaba abstraída la oscuridad del exterior a través de los ventanales.

Bernard se quedó observándola, quieto en el umbral de la sala, como si quisiera prolongar por mucho tiempo aquel instante.

De modo instintivo, ella se volvió casi enseguida. Tuvo un pequeño estremecimiento. Se levantó al momento y dijo:

—La criada ya me ha dado a entender que mi presencia aquí no es grata. No habría venido de no ser porque...

Sin dejarla concluir, él dijo, mirándola muy directamente:

—Me alegra mucho verte. Hacía tiempo.

—Cuatro meses.

—Demasiado. Me gustaría mucho abrazarte.

—Aquí no puede ser. Lo sabes.

—Los deseos no atienden a razones.

—Es verdad —confirmó ella, mirándole como no era capaz de mirar a ninguna otra persona—. Y a veces se oponen a ellas, como ahora.

—Sentémonos, Gabrielle.

Tras un largo intervalo en que no necesitaron palabras, ella se decidió a agilizar la situación.

—Estoy aquí por mi propia voluntad. Edgar no lo sabe ni ha de saberlo.

—Edgar... —repitió Bernard, como si en aquel nombre se resumieran pesares y amarguras que le dolían mucho.

—He venido a prevenirte. Sé que andas tras algo prometedor.

Las facciones de Bernard adquirieron rigidez.

—¿A qué te refieres?

—No es necesario que te protejas, Louis. Sé que un confidente policial os ha vendido una información.

Él iba a oponer algo, pero Gabrielle se le adelantó.

—Por favor, ni asientas ni desmientas. No es necesario. Quiero irme de aquí sabiendo exactamente lo mismo que sé ahora. Sólo he venido a ponerte sobre aviso. ¿Entendido?

Bernard hizo un gesto invitándola a seguir hablando. Ella le contó todo lo relativo a la visita del doctor Jouvet al Centro Teosófico, y añadió a continuación:

—Edgar ha estado varios días confiando en que Jouvet le daría nuevos detalles. Tengo la impresión de que se han entrevistado de nuevo. Pero poco debe de haberle dicho, porque ahora ha tomado la decisión de hacer averiguaciones por su cuenta. Pese a mi oposición, está decidido a intervenir si le es posible. No tengo argumentos para disuadirlo. Lo he intentado: ha habido fuertes discusiones entre nosotros. Ya sabes cómo reacciona cuando algo se refiere a ti. He preferido no insistir más. Cuando todo se mezcla, no valen argumentos. Me gustaría decirte qué se propone, pero no lo sé.

Bernard meditó con semblante preocupado. Luego dijo:

—Me enfrento a algo que no puedo compartir con nadie. Sólo contigo lo haría, Gabrielle.

—No es posible —dijo ella, con mucha tristeza en los ojos.

—Por eso he dicho que con nadie.

—Ten presente lo que te he advertido. Edgar cae a veces en obstinaciones excesivas y pierde el sentido de la medida.

—Si la policía recela que la noticia se está divulgando, una oportunidad excepcional puede escapárseme.

—Apresura tus pasos cuanto puedas. Si yo veo alguna manera de frenarlo, te aseguro que lo haré. Creo que el caso te pertenece por derecho. Entra totalmente dentro de tu campo.

—Tal vez sea mi última oportunidad de investigar un fenómeno verdaderamente importante. Si se me escapa de las manos, será en cierto modo el final. No me quedan ya muchas esperanzas de ver cumplido todo aquello en que tanto habíamos creído, Gabrielle.

—No hables así, Louis. Ocurra lo que ocurra en este caso, te quedará aún mucho campo por delante. Todos viviremos cosas que nos asombrarán, estoy segura.

Bernard la tomó de la mano y dijo:

—Sólo tú sabes contagiarme esa confianza.

CERCANA LA MADRUGADA, un contingente de policías uniformados, al mando del inspector jefe de Homicidios, Jules Stassin, inició una maniobra envolvente en torno a uno de los almacenes de maderas que bordeaban el Sena.

Aquel lugar era refugio nocturno habitual de delincuentes marginales, prófugos y vagabundos que gozaban allí de una cierta permisividad de las autoridades. Hasta cierto punto, sabían que allí no serían molestados. Era una especie de tierra de nadie donde se sentían provisionalmente a salvo.

Cuando todas las salidas quedaron cubiertas por los agentes, Stassin y otros tres hombres irrumpieron súbitamente en el local.

La entrada de los representantes de la ley produjo una inmediata conmoción entre los individuos que allí se habían congregado. Varios de ellos tenían pequeñas cuentas pendientes con la justicia, y otros las habían tenido en el pasado. Se elevaron voces de protesta, pero muy pocos las tenían todas consigo. Sin embargo, pronto comprendieron que la operación no era una redada general.

Ayudándose con lámparas de aceite para distinguir los rostros, Stassin y sus hombres dieron pronto con la persona que buscaban. Se trataba de Marcel Barbey, un viejo conocido de la policía. Considerado como delincuente profesional, se le sabía culpable de robos y extorsiones a pequeña escala. A pesar de su mala catadura, se le conceptuaba como un simple paria del hampa de París. En condiciones normales, nunca habría sido objeto de una detención espectacular como la que estaba a punto de producirse. Pero todo era fuera de lo común aquella madrugada.

—Marcel Barbey —proclamó Stassin con sonoridad—, le detengo como autor de la cuchillada que acabó con la vida del retratista Eyraud.

A los otros hombres que tenían aquel local por guarida les sonó a enormidad que se acusara a Barbey de algo tan grave como un asesinato. Por unos momentos, todos pensaron que se trataba de un error.

Pero fue el propio detenido quien, con su actitud, los convenció de lo contrario. En pocos momentos se vino abajo. Sólo el estupor

por verse descubierto le hizo vacilar un instante. Luego, como aplastado por una fatalidad que lo hubiese dejado sin fuerzas ni recursos, balbuceó su admisión del hecho.

En sus ojos desorbitados seguía viéndose la más completa estupefacción cuando se lo llevaron.

## *10 Sensacional éxito de la policía de París*

A las pocas horas de la fulminante detención de Marcel Barbey, todas las implicaciones del caso quedaron esclarecidas. Se trataba de una conspiración criminal en la que habían participado otros delincuentes además de Barbey. Pero el inductor del asesinato, el verdadero interesado en la muerte del retratista Alphonse Eyraud, era nada menos que el conocido jurista y procurador de los tribunales de Francia, condecorado con la Legión de Honor, Claude Derain.

Todo tenía su raíz en una sórdida historia de extorsión. Por lo que se supo, el fotógrafo Eyraud multiplicaba sus ingresos mediante el chantaje.

Al ilustre Derain le gustaba fotografiarse vestido de mujer, en actitudes impúdicas. En ocasiones, ciertos muchachos de alquiler, ataviados también con lencerías femeninas, tomaban parte en las sesiones fotográficas. Se celebraban, a horas nocturnas, en el estudio de Eyraud. Los muchachos desconocían quién era Derain. Lo veían siempre transformado de manera irreconocible. El fotógrafo estuvo participando en las orgías hasta que, reunido el suficiente material, decidió pasar a la segunda fase: el chantaje. Para una personalidad como Derain, las placas en poder del retratista constituían una amenaza muy grave. Si sobrevenía el escándalo, su carrera jurídica y social conocería un desenlace infamante.

Para rescatar las imágenes comprometedoras, Derain le había entregado al fotógrafo varias sumas de dinero. Pero Eyraud había cifrado sus expectativas de lucro en cantidades mucho más importantes. El miedo de Derain al escándalo le había hecho concebir unas esperanzas que pronto se revelarían como fatales.

Agotadas las súplicas y los esfuerzos por zanjar la cuestión de manera módica, Derain decidió que, a pesar de sus riesgos, sólo la muerte de Eyraud lo liberaría definitivamente del problema.

El jurista chantajeado no conocía a Barbey ni tenía intención de conocerlo jamás. El encargo de asesinar al fotógrafo le llegó al matón a través de una cadena de intermediarios del mundo delictivo, al extremo de la cual Derain se creía bien resguardado.

Una vez cometido el crimen, cuyos móviles desconocía, Barbey, cumpliendo las instrucciones recibidas, dejó sin cerrar la puerta del estudio.

Así, personándose después allí, y a pesar de la aprensión que le producía la proximidad del cuerpo sin vida de su extorsionador, Derain dispuso de toda la noche para encontrar el material que tan gravemente lo comprometía. El fotógrafo lo tenía muy bien camuflado, pero no había previsto una situación como aquélla, por no creer que Derain se atreviese a tanto.

Cuando, ya de madrugada, Derain tuvo en su poder el conjunto de pruebas que ilustraban sus desviaciones, adoptó la misma precaución que había observado a su llegada: alterar su aspecto externo por si, aunque era improbable, alguien lo veía salir del estudio. Barbey, ejecutando las órdenes recibidas, había hecho lo mismo horas antes. De este modo, toda posibilidad de una identificación posterior, tanto del asesino como de su inductor, quedaba descartada.

Así, cuando abandonó el estudio antes de que la encargada de la limpieza hiciera el descubrimiento, el disfrazado Claude Derain creía haber puesto fin para siempre a la pesadilla que lo acosaba desde hacía un buen número de semanas.

A CAUSA DE LA RARA e inusitada celeridad con que se esclareció el caso Eyraud, se dio la circunstancia de que los periódicos de París publicaron casi simultáneamente las noticias del asesinato y las que daban cuenta del apresamiento de los culpables.

Jean Perrier, el más prestigioso de los comentaristas de temas criminales en la prensa francesa, publicó sus impresiones en *Le Matin,* en una columna urgentemente redactada:

Ni el más reticente de los observadores pensará que el éxito del departamento de Homicidios en el caso Eyraud puede atribuirse sólo a un golpe de suerte excepcional.

Según todas las apreciaciones, el asesinato del retratista parecía destinado a engrosar el número de los delitos sin esclarecimiento posible. No había testigos de ninguna clase. El agresor no dejó vestigio alguno en el lugar del crimen. Los móviles eran desconocidos. La víctima se relacionaba profesionalmente con tantas personas que una hipotética investigación de todos los eventuales sospechosos habría resultado imposible.

Por otra parte, Marcel Barbey, el ejecutor elegido, un oscuro matón y ratero de las ciénagas del hampa, más proclive a manejar la ganzúa y a efectuar robos con escalo que a cometer homicidios, no habría figurado siquiera en una lista de cien o doscientos sospechosos integrada por profesionales del crimen.

Nos consta que, en las primeras horas, los oficiales de Homicidios catalogaron el caso como de máxima dificultad.

No hace falta decir que la identidad del inductor era impensable. Todo, en suma, parecía contribuir a que el asesinato de Eyraud quedara impune.

La deducción parece clara: algún factor desconocido hizo posible, contra todo pronóstico, el desenmascaramiento de la trama. Claude Derain, sus intermediarios y el esbirro Barbey se consideraban, razonablemente, al abrigo de toda sospecha. Pero no lo estaban. Las autoridades de la prefectura mantienen silencio acerca del elemento secreto que los puso al descubierto.

No obstante, podemos formular una conjetura de gran interés: el factor desconocido que ha actuado en este caso puede hacerlo también en otros. Ésta es la razón que mueve a la policía a callar. Si se tratara del algo que sólo tuviese aplicación una vez o únicamente en un determinado caso, no habría motivo para ocultarlo. Si descartamos, por insostenible, la mera intervención de una providencial casualidad, podemos concebir las mejores esperanzas.

En la memoria de todos está el caso Bresse. Las pesquisas, al parecer, no han dado aún resultado. De entre todos los homicidios en curso de investigación, éste es quizá el que con mayor insistencia clama en las conciencias de los responsables de prefectura. Si el método oculto que ha permitido la fulgurante resolución del asesinato de Alphonse Eyraud obtuviera similar resultado en el caso Bresse, un estremecimiento recorrería la espina dorsal del mundo del crimen. Cerca ya del nuevo siglo, la investigación policial estaría logrando jaques mate sin precedentes. Todo un hito en la larga lucha de la civilización contra el delito, que devolvería a la policía de París su título, últimamente puesto en duda, de meca de las policías del mundo.

Hagamos fervientes votos para que así sea.

EN UNA DE SUS ENTRADAS al despacho oficial del subprefecto Herbau, Jules Stassin se vio sorprendido por una arremetida de su superior:

—Como me temía, la cosa se está saliendo de madre. Se lo digo con relativa calma porque lo que Claude Derain aún me tiene por las nubes. No suelo retractarme de mis decisiones; pero, se lo advierto, si no es usted capaz de atajar esto —amenazó, tendiéndole un sobre—, habrá que poner inmediato fin a la operación Kaplan. Lea.

El sobre, de remitente anónimo, estaba dirigido a «Las autoridades superiores de la prefectura de París». Contenía un amarillento recorte de periódico y una nota escrita a mano con caligrafía obviamente desfigurada. Decía así:

> ¿Le conviene a la prefectura de París poner algo tan delicado como el "factor desconocido" del que habla la prensa en manos de un hombre marcado por el desprestigio?
>
> Vean en el artículo que para su información se acompaña, aparecido hace unos años en *L'Intransigeant*, qué antecedentes tiene la persona en quien ustedes parecen confiar.
>
> Juzguen, pues, y decidan lo que sea procedente.

Stassin conocía muy bien el texto aludido. Sin embargo, bajo la severa mirada de Herbau, se sintió impulsado a leerlo una vez más.

# LOS DESVARÍOS DE LA RAZÓN

Forzoso y amargo es reconocerlo: nuestra época está invadida por la irracionalidad. El indebido predicamento de que gozan supuestas corrientes de pensamiento como el psiquismo y el espiritismo constituye una buena prueba de ello.

Según los teóricos de tan inconsistentes doctrinas, «los velos de la muerte se están entreabriendo para mostrarnos un cúmulo de asombrosos misterios». También al decir de esos señores, en la oscuridad de los gabinetes espiritistas, los médiums y sus patrocinadores logran milagros portentosos. Se ha dicho y escrito: «La vida interroga a la muerte a través de los videntes sensitivos». Y más apoteósico todavía: «¡La muerte responde por mediación de los espíritus!».

Una mente serena y ordenada no puede más que sonreír o indignarse ante la audacia irresponsable de esa clase de afirmaciones. Rebajan y desmerecen a quienes las profiere, y confunden y atemorizan a las gentes crédulas. La ciencia libre de la era moderna, basada en el sentido común y en la observación sistemática de hechos y fenómenos tangibles, se opone con firmeza a tan extravagantes habladurías, más propias de charlatanes que de pretendidos estudiosos de lo desconocido.

En nuestros días ya no tendría que haber lugar para esas ideas fantasmagóricas que son, en realidad, engendros de mentes febriles. No tienen más sustentación que la ofrecida por trances histéricos y experimentos dudosísimos o claramente trucados.

Muchos médiums han sido sorprendidos en flagrante delito de supercherÍa. Otros se niegan a someterse a controles y comprobaciones imparciales con el pretexto de que, sintiéndose condicionados, su concentración quedaría perturbada. No faltan los que son simples simuladores al servicio de intereses mezquinos. Con todo, la mayor responsabilidad recae en los teóricos que los amparan. Ellos dicen deslindar el grano de la paja y avalar únicamente hechos probados. Nada más incierto. Incurren en la insensatez de otorgar credibilidad a unos fenómenos indemostrables que suscitan toda clase de justificadas sospechas.

Como ejemplo patético y revelador, recordemos el caso de uno de esos «investigadores» que pretenden escudriñar los misterios situados más allá de la muerte.

Louis Bernard, considerado hasta hace bien poco como una respetable autoridad de la metapsíquica —una pseudociencia que se nutre de creencias erróneas y concepciones descabelladas—, se obstinó en establecer supuestas comunicaciones con espíritus a través de su colaboradora Blanche Acard. ¿Cuál fue el resultado? Desquiciar a esa mujer, que se creía médium, y llevarla a una grave y crónica disgregación de personalidad. Ella efectuaba desdoblamientos inconscientes para alimentar y personificar pretendidas manifestaciones de espíritus.

Tales manifestaciones no eran más que emanaciones del propio yo de Blanche Acard en proceso de desintegración. El señor Bernard, no lo dudamos, lamentó sinceramente tan desdichado error. Pero eso no atenúa la magnitud de su fracaso. Llevado por su deseo de hallar pruebas que acreditaran sus vanas teorías, no reparó en el daño que estaba causando.

El humanismo racional alza su voz contra todos esos despropósitos. Las aspiraciones ilusorias y las esperanzas engañosas del espiritismo y otras tendencias afines deben ser desterradas de las conciencias. Sólo la religión cristiana y la ciencia positiva nos pueden dar respuestas. Buscarlas extramuros produce nefastas consecuencias.

¿Hasta cuándo la majadería seguirá campando por sus respetos?

—¿Se lo sabe ya de memoria, Stassin? —preguntó el subprefecto con malhumorada sorna, para luego inquirir, más seriamente—: ¿Se ha averiguado quién es el autor de este artículo?

—Al parecer lo escribió un importante hombre de letras que se escudó en el anonimato porque no quería ver mezclado su nombre, ni siquiera como detractor, con un asunto que le resultaba detestable. Sólo el director del periódico sabía quién era, pero murió unos dos años después de la publicación del artículo. Aunque el autor de *Los desvaríos de la razón* viva aún, quizá no haya manera de descubrir su identidad.

—Tal vez sea preferible que también haya muerto. Si se entera de lo que estamos haciendo, arremeterá de nuevo, incluyéndonos a nosotros, por supuesto. La llegada del envío anónimo demuestra bien a las claras que la cosa se está divulgando peligrosamente.

—Estaba previsto que alguna pequeña filtración podía darse.

—Pues hasta aquí hemos llegado. Si todos esos círculos ocultistas están sobre ascuas, el rumor se propagará como una epidemia. Y eso es lo que bajo ningún concepto voy a permitir. O se las ingenia usted para tenerlos a raya y callados, o se acabó. No se lo repetiré de nuevo.

—Actuaremos con rapidez, se lo aseguro.

—Mejor será que todo dé el máximo resultado antes de que tenga usted que lamentarlo, Stassin.

A LOUIS BERNARD no le quedaban ya muchas dudas acerca de cuál era el *factor desconocido* al que Perrier aludía en su artículo. Fuese o no capaz de entrar en relación con espíritus, el vidente que ayudaba a Stassin parecía tener facultades que le permitían orientar las investigaciones de manera decisiva.

Bernard no se movía de su casa. Esperaba recibir en cualquier momento un aviso de la prefectura. Pero fue Jules Stassin en persona quien se presentó en su domicilio a media tarde.

—He preferido no recurrir a mensajeros de ninguna clase. En todo esto, la mayor discreción es indispensable —aclaró a su llegada, y enseguida le preguntó a Bernard—: Le supongo enterado del desenlace del caso Eyraud. ¿Estoy en lo cierto?

—Desde luego. Es la sensación del momento. Dígame, inspector, ¿cómo los puso nuestro hombre sobre la pista de los culpables con tanta rapidez y precisión?

—De no ser porque lo he vivido yo mismo, no podría creerlo, se lo aseguro. Tras permanecer unas horas en el estudio de Alphonse Eyraud, nos dio tres elementos de investigación que resultaron certeros. Primero: el fotógrafo no conocía a su asesino. Esto, por sí solo, nos permitía descartar a un cierto número de personas, pero apenas nos acercaba a la identidad del agresor. Segundo, y más importante: poco después de la muerte de Eyraud, una segunda persona había estado en el estudio por espacio de varias horas.

Aquí ya se perfilaba mejor la mecánica del hecho. No era aventurado deducir que esa segunda persona había estado buscando algo concreto, sin cejar en su empeño, probablemente, hasta encontrarlo. Pero nada podíamos inferir aún sobre la concreta identidad de los dos visitantes nocturnos. Fue entonces cuando ese hombre prodigioso nos reveló el tercer elemento: el autor de la cuchillada que acabó con el fotógrafo tenía la mano izquierda ligeramente deformada. Acudimos enseguida a las fichas antropométricas. En ellas están registradas las medidas óseas y otras peculiaridades corporales de miles de delincuentes. No tardó en aparecer la cartulina de Marcel Barbey. Era la única que se ajustaba a la indicación del vidente. En principio, nos extrañamos: la comisión de asesinatos no figuraba entre sus prácticas habituales. Kaplan, el vidente, insistió. Cuando le mostramos una fotografía de Barbey, se ratificó totalmente. Así las cosas, resolví hacerle caso y actuar, aunque en mi fuero interno me resistía a confiar en un buen resultado. Por nuestros confidentes supimos que Barbey solía refugiarse por las noches en un almacén del Sena. Aunque hubiese percibido mucho dinero por su acción, no variaría súbitamente sus costumbres para no levantar sospechas. Caímos sobre él en plena noche. Se desmoronó al momento. Después, detuvimos a los intermediarios y llegamos hasta Derain. Todo lo anunciado por Kaplan resultó ser cierto.

—Extraordinario —murmuró Bernard.

—Como profesional garantizo que él no pudo llegar por ningún procedimiento normal de observación o deducción a los datos que nos comunicó. Lo he analizado hasta la saciedad. No es cuestión de que Kaplan tenga una especial inteligencia como detective, superior a la nuestra. Si así fuese, no tendría inconveniente en admitirlo. Pero no, esa explicación está descartada. Por tanto, aunque a uno le cueste mucho creerlo, intervinieron otras facultades. Me da lo mismo cuáles sean. Lo que está claro es que no son las del pensamiento deductivo.

—Podrían formularse diversas hipótesis —reconoció Bernard.

—Eso queda a su cargo. Lo que a nosotros nos importa es que Kaplan siga aplicando su extraño talento a desentrañar otros casos.

—Creo que podré ayudarle. Seguro que todavía no ha llegado al límite de sus posibilidades.

—Es lo que esperamos de usted. Ahora Kaplan se está concentrando en el asesinato de Germaine Fox. Nos consta que los periódicos van a dar la noticia de su muerte de un momento a otro. No ha sido posible mantener el secreto por más tiempo. Tenemos que apresurarnos.

—Estoy en disposición de empezar inmediatamente. ¿Cuándo tendré mi primer encuentro con Kaplan?

—Alain Kaplan, natural y ciudadano de Reims. Ahora. Está en el teatro Racine. Lleva allí desde primera hora de la tarde.

—¿Es la primera vez que ha ido al lugar del crimen?

—No. Ha estado otras veces.

—¿Qué hace exactamente?

—Toca los vestidos, los zapatos, cualquier objeto de los que utilizaba Germaine Fox. A veces se queda como en éxtasis. Otras va y viene del camerino al escenario, una y otra vez, como un animal enjaulado. Está bastante excitado. Usted mismo lo verá. Vamos.

Un vehículo oficial sin ninguna señal externa que indicara su condición los llevó al Racine.

El edificio estaba fuera de actividad. En el vestíbulo exterior aún figuraban, medio arrancados, los carteles anunciadores de las últimas funciones de la temporada. Las puertas principales estaban cerradas. Un aviso anunciaba:

CLAUSURA ANUAL

*Inicio temporada 1899/1900*

*día 4 de septiembre*

Nada hacía suponer que en el interior del teatro un poderoso médium estuviera debatiéndose entre los ecos dejados por un perverso asesinato.

Stassin y Bernard se dirigieron a la pequeña puerta lateral que solían utilizar los actores, tramoyistas y empleados. Un gendarme les abrió la puerta sin darles tiempo a llamar. Un segundo agente estaba sentado en la garita del portero.

—¿Cómo va? —preguntó Stassin.

—No lo sabemos. Nos ha dicho que no quería vernos dentro, que nos largáramos. Está como ido. Por eso nos hemos quedado aquí.

Stassin hizo una mueca de preocupación y le dijo aparte a Bernard:

—No sé por qué está tan fuera de sí. Después de su éxito con lo de Eyraud tiene más motivos que nunca para confiar en sus posibilidades.

—Se siente presionado. Sabe que ustedes esperan nuevos resultados a corto plazo.

—Le hemos pedido que siga ayudándonos, claro. Pero sin agobiarlo con exigencias desmesuradas.

—De todos modos, aunque sea un sensitivo muy notable, lo que está haciendo es agotador.

—¿Vamos adentro, o prefiere esperar a otro momento más propicio para conocerlo?

—A pesar de todo, mejor ahora que más tarde.

Un gendarme les dio una linterna de aceite.

—Van a necesitarla. Ese hombre lo tiene todo casi a oscuras.

El olor a metal caliente que desprendía la lámpara los acompañó en su itinerario. Avanzaron por un corredor descendente que llevaba a la zona de los camerinos.

Casi todos los mecheros de gas estaban apagados. Sólo alguno, de vez en cuando, atenuaba la densidad de la tiniebla. El silencio era comparable al de un edificio mucho tiempo abandonado.

El único camerino que tenía la puerta abierta era el que había ocupado Germaine Fox. Estaba totalmente a oscuras.

—¿Kaplan? —dijo Stassin, dirigiendo la luz de la linterna hacia el suelo para no deslumbrar al médium si estaba allí.

Nadie respondió. En el camerino había un gran desorden. Kaplan lo había revuelto todo. Algunos vestidos de escena estaban caídos por el suelo. La mesa de maquillaje era una confusión de pelucas. Un cajón lleno de piezas de bisutería estaba a punto de caerse porque Kaplan lo había dejado en el límite de las ranuras de sujeción.

Los dos hombres siguieron avanzando hasta el escenario. El vidente sólo utilizaba una simple candileja de toda la moderna electrificación del teatro. La oscuridad era casi completa.

—¿Kaplan? ¿Está usted aquí? —preguntó Stassin.

Su voz resonó en la inmensidad de la sala vacía. El telón estaba abierto, como en la noche del macabro hallazgo. En el patio de butacas imperaba una negrura tenebrosa.

Stassin iba a pronunciar de nuevo el nombre del médium cuando, de pronto, lo vieron. Estaba sentado en la butaca donde habían encontrado a Germaine Fox con la señal de haber sido estrangulada. Su estampa imponía respeto: extremadamente pálido, inerte, con los ojos cerrados y la cabeza ladeada, parecía él mismo un muerto.

Stassin y Bernard se acercaron cautelosamente.

El inspector iba a decir algo, pero Bernard lo retuvo con un ademán y susurró:

—Creo que se ha desmayado. No debemos sobresaltarlo. Hay que esperar a que vuelva por sí mismo. Un retorno brusco podría serle perjudical.

Se alejaron de Kaplan lentamente, cuidando de no producir crujidos en las tablas del escenario.

—¿Cuánto tiempo puede tardar en recobrarse de un desvanecimiento de este tipo? —preguntó Stassin en voz muy baja.

—No sabemos cuánto lleva así. De todos modos, siempre es difícil predecirlo. Habrá que esperar.

Stassin mostró su contrariedad.

—No puedo quedarme aquí mucho más. Aún tengo que ir a otro lugar.

—Vaya, inspector. Yo me quedaré lo que haga falta.

Stassin pareció dudar.

—¿No sería mejor dejarlo solo?

—Será como si lo estuviera hasta que vuelva en sí. Tengo interés en hablar con él cuando reaccione. Puede ser un momento importante.

—Como quiera. Usted sabrá cómo hacerlo. Si necesita algo, los agentes estarán en la garita del portero.

—Gracias. No creo que tenga que molestarlos.

—Volveré en dos o tres horas. Si para entonces ya ha podido conversar con Kaplan, me gustará conocer sus impresiones.

—Las tendrá, desde luego. Llévese la linterna. Yo no voy a necesitarla.

Stassin retrocedió hacia los camerinos, para luego continuar hacia la salida, mientras Bernard bajaba silenciosamente a la platea oscura y, a tientas, buscaba acomodo en una de las butacas de la tercera fila.

A la débil luz de la única lámpara encendida, Kaplan tenía algo de espectral. Bernard lo observaba fijamente, atento a cualquier señal de reanimación. No obstante, se había hecho a la idea de que la espera iba a ser larga.

Transcurrió un tiempo. Bernard notaba escozor en los ojos y decidió cerrarlos unos momentos. El silencio sepulcral se le hizo aún más evidente.

Casi enseguida, movido por una extraña sensación de peligro, abrió los ojos.

Lo recorrió un fuerte escalofrío. Kaplan miraba fijamente al exacto lugar de la oscuridad donde él estaba. El médium no se había movido de la butaca, pero ahora tenía la cabeza erguida, tensa, alerta.

Bernard fue atravesado por una insidiosa sensación de miedo, que trató de alejar enseguida por considerarla absurda.

Después se preguntó si Kaplan le estaba mirando realmente. La platea era una pura tiniebla. La candileja proyectaba su raquítica luz hacia el fondo del escenario. Desde su posición, el médium no podía ver nada fuera de los estrictos límites de las tablas. Menos aún podía verle a él, que era una presencia invisible en la oscuridad. No obstante, Bernard quiso hacer una prueba. Se levantó de la butaca y, sin hacer el menor ruido, se desplazó paralelamente a la embocadura del escenario.

Ante su asombro, Kaplan fue moviendo la cabeza, como acompañándole con la mirada. En sus ojos se adivinaba un reflejo frío y escrutador. Bernard se decidió entonces a hablarle. Su propia voz le sonó meliflua y extraña:

—Señor Kaplan, estoy aquí.

No quiso añadir nada más. Esperó a que el otro se manifestara de algún modo.

La reacción de Kaplan llegó con gran demora. Con voz ronca y apagada, sin levantarse del sillón, dijo:

—Acérquese. Quiero verle *mejor*.

Bernard subió al escenario por una de las escaleras laterales y fue a situarse cerca de la candileja encendida, a cierta distancia de Kaplan.

—Soy Louis Bernard. He venido con el inspector Stassin. Usted estaba inconsciente.

Kaplan repuso con autoridad:

—Les he dicho a los policías que necesitaba estar solo aquí. Sin nadie.

Bernard vaciló un poco antes de explicar:

—He creído que yo quedaba al margen de esa solicitud. Tengo entendido que usted conoce mi dedicación al estudio de las manifestaciones ultrafísicas. Estoy aquí en calidad de investigador. Usted y yo podemos llegar a una colaboración de interés mutuo.

—Váyase —dijo de pronto Kaplan—. Usted no me gusta. Tiene algo que me incomoda. ¿Qué quiere?

—Sólo hablar. No tengo intención de someterlo a control alguno. Me bastará con conocerlo y saber algo de sus antecedentes.

Kaplan miraba fijamente a Bernard. Parecía querer ver más allá de sus palabras. Después, de una manera menos hostil pero igualmente tensa, dijo:

—Estoy en algo muy difícil. Se trata de un asesinato.

—Sí, lo sé.

—Por favor, márchese. Ahora no puedo hablar con usted ni con nadie. Déjeme solo. Ya hablaremos otro día. Váyase, es necesario.

Bernard comprendió que no le quedaba más opción que hacer lo que Kaplan le pedía. Murmuró una fórmula de despedida y emprendió el regreso por el largo y oscuro camino de salida.

Pensó en un principio en quedarse con los gendarmes a esperar el regreso de Stassin. Luego se dijo que no había suficiente motivo para hacerlo. Les refirió concisamente a los agentes el resultado fallido de su aproximación a Kaplan y se despidió.

Una vez hubo salido a la calle por la puerta de servicio, observó algo que aún contribuyó más a abatir su ánimo. Sacha Kairnes estaba en el vestíbulo exterior del teatro, en actitud de indagación, como intentando averiguar si había alguien dentro. Todo indicaba que El Mago estaba también al acecho de Kaplan. Eso sólo podía originar complicaciones.

Bernard se alejó rápidamente. No quería en modo alguno que

Kairnes lo viera. Seguro que lo sometería a toda una serie de preguntas que no estaba dispuesto a contestar.

Empezaba a caer una suave llovizna. El firme de las calles iba adquiriendo un brillo tenue. Bernard se sintió de pronto muy cansado. La sensación de fracaso, que lo había acompañado en muchos momentos de su vida, se insinuaba de nuevo en el horizonte. Todas sus ideas con respecto a Kaplan se estaban cubriendo de oscuridad.

# 11 *Rueda de reconocimiento*

BERNARD se despertó más tarde de lo que tenía por costumbre, cansado y con gran pesadez de cabeza. Enseguida le volvió a la mente el recuerdo de su fallido encuentro con Kaplan.

Apartó el cobertor y la sábana como si fueran un lastre que lo inmovilizaba y se levantó de la cama.

Al salir de su alcoba, lo abordó Sophie:

—No hace ni media hora que un policía uniformado ha traído un sobre a su nombre, señor.

Bernard preguntó con irritación:

—¿Por qué no me lo ha dicho antes?

—Aún dormía usted. ¿Ocurre algo malo? —quiso saber la vieja criada con preocupación.

—Nada en absoluto —repuso Bernard rápidamente—. Un trámite que había solicitado —mintió—. ¿Dónde lo ha dejado?

—Sobre la mesa de su despacho, señor.

—Gracias, Sophie. Voy a ver si corresponde exactamente a mi petición.

—¿Desayunará el señor?

—Ahora, no. Quizá más tarde.

—Como mande.

A solas en su despacho, Bernard abrió el sobre, que no ostentaba membrete alguno.

Contenía una nota de Jules Stassin, rápidamente escrita a juzgar por lo deshilvanado de los rasgos:

> Señor Bernard:
>
> Deploro que su primera intervención no diese muy buen resultado. Pero, como pronto sabrá, la noche no ha sido infructuosa, sino todo lo contrario.

Kaplan ha permanecido en el teatro Racine hasta altas horas. Ahora está aquí, conmigo, en el Palacio de Justicia.

Ha habido acontecimientos. Soy de natural escéptico, pero le confieso que estoy admirado. No salgo de mi asombro ante las facultades de ese hombre providencial.

Venga en cuanto le sea posible, se lo ruego. Le estoy esperando. Verá en acción a Kaplan.

J. S.

Louis Bernard se dirigió al Palacio de Justicia en un *fiacre* provisto de taxímetro, guiado por una mujer cochera. Al trote del caballo, veía pasar los edificios a través de la ventanilla como si fuesen estaciones secundarias de un viaje que lo llevaba a un destino inquietante.

En la sede de los tribunales, un ujier lo acompañó hasta una pequeña sala donde Stassin paseaba nerviosamente con unos documentos en la mano. Al ver a Bernard, los dejó enseguida sobre una consola y dijo:

—¿Está dispuesto a oír algo extraordinario?

—Sí, sí, claro —repuso el metapsíquico.

—¡Otro caso prácticamente resuelto, Bernard!

—¿Cuál?

—El de Germaine Fox. Tenemos al homicida. Dentro de unos minutos se producirá la escena culminante. Usted la presenciará. Voy a ponerle rápidamente en antecedentes. Ayer por la noche, cuando usted ya se había marchado, volví al teatro. Kaplan estaba esperándome. Me dijo varias veces, muy obsesionado: «Ella no quiere que sepa quién la visitó en la noche de su muerte. Está muy confusa aún. No comprende que esa persona la mató. No se da cuenta de que está encubriendo a su asesino».

Stassin hizo un alto en su veloz explicación y, como en un aparte confidencial, dijo:

—La verdad es que yo no sabía cómo interpretar aquellas palabras. Por mucho que Kaplan hubiese demostrado su capacidad en el caso Eyraud, la idea de que estuviese interrogando a la muerta se me hacía muy difícil de aceptar. Dígame con toda la sinceridad, Bernard, ¿podemos admitir esa posibilidad sin renunciar a la coherencia de la razón y de la lógica?

Algo incómodo por la pregunta, Bernard manifestó:

—Los límites de la razón no son inamovibles. La lógica ha de estar subordinada a la evolución del conocimiento.

Mirando una lámpara como si cuestionara su materialidad, Stassin reconoció:

—Si hace un mes alguien me hubiese dicho que hoy estaría dudando acerca de conceptos que creía tener muy claros, me habría reído en su misma cara. Y ahora... —el inspector parecía no atreverse a definir la convulsión de sus ideas; luego, retomando el tono expeditivo, prosiguió con sus explicaciones—: Kaplan estaba muy crispado. Tenía el aspecto de estar haciendo un esfuerzo sobrehumano. Me mandaba salir y luego me llamaba. Una y otra vez. Por momentos, caía de nuevo en extraños desvanecimientos. Pero no se le veía enfermo o indispuesto. No. Era otra cosa.

—Trances —dictaminó Bernard pronunciando la palabra con mucho cuidado.

—Cuando vi que pasaba el tiempo sin que llegara a ningún resultado, le sugerí suspender la sesión hasta el día siguiente. Kaplan se negó. Me dijo que era la noche decisiva porque ya se había producido el contacto con la *entidad* Germaine Fox. Trato de referirle todo con la mayor naturalidad, pero créame que no me reconozco hablando en estos términos. Por fortuna, usted es un conocedor de la materia y está habituado a este lenguaje. Si me oyeran mis hombres, pensarían que estoy trastornado.

—Yo le oigo con el máximo interés. Siga, se lo ruego.

—Mucho después de la medianoche, pálido y descompuesto, Kaplan vino a mi encuentro. Yo dormitaba en el patio de butacas. Le oí decir: «Ella no quiere que sepamos quién es. No hay manera. Me temo que tendrá que pasar tiempo, mucho tiempo, antes de que nos manifieste la identidad de su asesino».

Stassin hizo una mueca dando a entender que le disgustaba decir lo que iba a exponer a continuación, pero no se abstuvo de hacerlo:

—Pensé que me estaba mintiendo; que, desorientado y falto de todo indicio, inventaba una patraña para ocultar su fracaso. De no haber sido por sus antecedentes de Reims y por su admirable intervención en el caso Eyraud, nada habría evitado que lo considerara un simulador que me estaba haciendo perder un tiempo precioso.

—Antes de que me exponga usted lo ocurrido a continuación —se anticipó Bernard con tono ponderado—, permítame dos palabras. En la situación que me ha descrito caben tres hipótesis. Primera: Kaplan no lograba ninguna percepción y, como usted supuso, pretendía ocultar su bloqueo. Segunda: creía de verdad que emanaba de la difunta lo que, de hecho, era una respuesta de su propio yo ante una situación sin avance posible. A veces le es muy difícil a un sensitivo distinguir entre lo que procede del mundo inmaterial de los espíritus y lo que brota de lo más oscuro de su propia mente. Tercera hipótesis, más improbable, pero no descartable tratándose de un psíquico como Kaplan: lo que afirmaba correspondía en alguna medida a la verdad. Es decir, podría considerarse como cierto en algún grado que la entidad espiritual que aún denominamos Germaine Fox estuviera resistiéndose a revelarle el nombre de su asesino.

—Algo así pensé yo también, con gran esfuerzo de imaginación por mi parte. Desde el momento en que uno acepta manejar elementos intangibles, se ve obligado a apurar todas las posibilidades en juego. Yo estaba en un terreno movedizo y por completo ajeno a mi experiencia. Ante Kaplan me resulta muy difícil situarme. Pero en nuestro trabajo a veces obtenemos resultados a partir de sospechas o intuiciones muy discutibles. Por tanto, resolví considerar lo que usted ha enumerado como tercera hipótesis. Era la única que podía aportar pautas de investigación. ¿Me explico, Bernard?

—Sí, perfectamente. Es lo mismo que yo habría hecho en su lugar.

—Así que la pregunta que se imponía era la siguiente: ¿por qué Germaine Fox quiere *proteger* a su asesino? Se la planteé a Kaplan en estos mismos términos. Él me respondió casi enseguida. Creo que no empleó esta vez ninguna de sus dotes psíquicas. Sólo el razonamiento. Como yo. Su conclusión fue: «Porque, a pesar de lo que le hizo, aún cree que lo ama». Era una pista tal vez remota, Bernard, pero era algo. Nunca en mi vida había actuado sobre una base tan etérea, pero pasé a la acción inmediatamente. En plena noche, acudí al domicilio del director de la compañía que actuaba en el Racine. Lo saqué de la cama y lo enfrenté a la pregunta que acabaría resultando decisiva: ¿quién era el amante secreto de Germaine Fox; existía alguien de quien estuviese perdidamente enamorada?

—¿No podía ser el mismo director?

—Sus gustos se orientan a la sodomía. Eso lo descartaba.

—Comprendo.

—Me dio la información en el acto: «Pierre Bac era su amor oculto, el único que había tenido en mucho tiempo. Es uno de los actores más jóvenes de la compañía. Creo que alguno de sus hombres lo interrogó, como a todos los demás. Germaine estaba ciega por él. Pero lo mantenía en secreto porque le llevaba dieciséis años al chico. Pierre se dejaba querer y supongo que también sentiría algo por ella. Nadie más estaba enterado del asunto. Germaine me lo dijo hace cosa de un año. A veces le gustaba contarme sus intimidades». Al oír esto, no pude menos que reprocharle: «¿Por qué no lo dijo usted antes, hombre de Dios?». A lo que él repuso tranquilamente: «No pensé que tuviera relación con el asesinato. Era un secreto sentimental. Además, nadie vino a preguntármelo así, de una forma tan concreta y de madrugada. ¿Se sospecha del joven Pierre Bac?». Lo dejé sin respuesta, pero le exigí silencio absoluto acerca de lo que habíamos hablado.

En aquel momento, se abrió la puerta de la sala y un funcionario asomó la cabeza.

—La rueda de reconocimiento está preparada, señor.

—Ahora mismo vamos —repuso Stassin, indicándole que se retirara, para continuar más rápidamente que antes—: Dentro de la extraña lógica que me guiaba, no había duda sobre cuál tenía que ser el paso siguiente. Lo he dado sin dudarlo. Acompañado por otros tres hombres para que la irrupción resultara más coactiva, hemos golpeado ruidosamente la puerta del desprevenido Pierre Bac a primera hora de esta mañana. Cuando ha acudido a abrir, muerto de sueño, lo he despabilado inmediatamente diciéndole que teníamos pruebas irrefutables de que había asesinado a su amante Germaine Fox, por lo que quedaba detenido en el acto.

El efecto no ha sido tan demoledor como yo esperaba. Ha opuesto una escandalizada indignación, pero, quizá a causa de que como actor es aún un principiante, sus protestas de inocencia han resultado muy poco convincentes. Lo tenemos aquí. Ahora podrá usted echarle una ojeada.

Bernard aventuró:

—¿Caso resuelto, entonces?

—Prácticamente. Mi olfato me dice que es el asesino. Sí, estoy seguro. Desconocemos aún por qué lo hizo. No es un perturbado ni nada por el estilo. Intenta aguantar el tipo. Hace una hora, ante el juez de instrucción, ha negado toda culpabilidad. Quiere hacer valer el dudoso argumento de que nunca habría podido causarle el menor daño a Germaine Fox porque la amaba con locura. Pero no se saldrá con la suya. Acompáñeme, por favor —añadió, recogiendo los documentos que había dejado en la consola—. Vamos a presenciar un careo que se hace a petición de Kaplan. No tendrá valor probatorio, pero puede ser de enorme interés, incluso para usted.

Subieron a la segunda planta por la espaciosa escalinata central, anduvieron rápidamente por varios corredores, pasando de uno a otro, y entraron al fin en una pequeña dependencia que estaba en penumbra. En uno de los tabiques había una estrecha y larga mirilla acristalada por la que se veía una sala contigua, mucho más grande y generosamente iluminada, donde doce hombres muy jóvenes permanecían en pie, formando una fila, de cara a la ranura de observación.

Ninguno se distinguía especialmente de los demás. Todos parecían cortados según un mismo patrón humano. Cualquiera de ellos podía ser un joven actor. Quizá algunos lo fuesen realmente.

—Ahí está Pierre Bac —susurró Stassin—. ¿Adivina usted cuál de ellos es?

Bernard recorrió la fila con la mirada, tratando de captar algún detalle revelador.

—Como no indique uno al azar, no veo manera de decidirme.

—Tiene razón. Bac guarda muy bien la compostura. No se le puede negar aplomo al muy canalla.

—¿Lo conoce Kaplan?

Stassin sonrió con cierta malignidad:

—Lo va a *conocer* ahora, confundido entre los demás.

A los pocos momentos llegó Kaplan. Tenía el rostro demacrado. Se situó enseguida ante la mirilla y se concentró en la contemplación de los doce jóvenes. Al momento, la situación adquirió una tensa solemnidad.

Pasaron varios minutos. Bernard observaba alternativamente a Kaplan y a los individuos de la fila de identificación. El vidente parecía estar luchando con algún obstáculo.

—Desde aquí no es suficiente —dijo de pronto Kaplan—. ¿Puedo ir al otro lado?

Stassin pareció dudar. Incluso cruzó una rápida mirada con Bernard, como en demanda de consejo. Finalmente, tomó por sí mismo la decisión.

—Vaya si lo cree necesario.

Kaplan estuvo aún unos instantes mirando desde donde se encontraba. Después pasó a la sala contigua.

Al verlo aparecer, algunos de los jóvenes expresaron sorpresa. No esperaban la entrada del identificador. Por lo demás, continuaron igual que antes. Ninguno parecía especialmente inquieto o turbado. Si Pierre Bac estaba allí, disimulaba sus emociones a la perfección. Kaplan fue a situarse detrás de los jóvenes y recorrió la fila varias veces, lentamente, a escasa distancia de ellos. Después, su itinerario se hizo más corto. Abarcaba sólo a tres o cuatro de los componentes de la fila. Daba la impresión de estarlos sometiendo a un extraño y minucioso reconocimiento.

Más tarde, se situó detrás de uno de aquellos individuos. Era uno de los primeros que Bernard había descartado como posible sospechoso. Tenía un aire de indiferencia y aburrimiento, como si sólo estuviese allí para hacer bulto. No parecía haberse dado cuenta de que Kaplan concentraba ahora su atención en él.

El vidente quedaba parcialmente tapado por el joven. Desde el cuarto de observación no se le veía la cara. Sin embargo, su figura estaba en actitud de acecho, como la de un cazador que se cierne sobre una descuidada presa.

Al rato, tras un largo tiempo en el que no se produjo ningún movimiento, el joven sometido al acoso de Kaplan empezó a dar muestras de incomodidad y malestar. No tardó en volverse. Por lo visto, necesitaba saber qué estaba haciendo el vidente.

Stassin contemplaba la escena como si asistiera a la consumación de un esperado y difícil milagro. Murmuró para sí en aquel preciso instante:

—Lo ha encontrado. ¡Uno entre doce y ha dado con él! ¡Prodigioso!

Todo ocurrió muy rápidamente a continuación. En cuanto Pierre Bac se encaró con él, Kaplan lo increpó duramente. Bac hizo ademán de empujar al clarividente, pero otros jóvenes de la fila, que se desorganizó en un abrir y cerrar de ojos, lo sujetaron. Kaplan se había apartado, pero sus acres invectivas contra Bac continuaban. Se le veía lleno de furor. Sus gestos rozaban lo agresivo. Parecía haber perdido su propio control, como un perseguidor que se ensañara con un fugitivo para resarcirse de lo mucho que le había costado dar con él.

Dos agentes entraron corriendo, esposaron a Pierre Bac y se lo llevaron de la sala. Los otros jóvenes fueron saliendo a su aire. Stassin apareció junto a Kaplan. Bernard seguía aún en el puesto de observación. Tenía grandes deseos de reunirse con ellos, pero prefirió esperar a que Kaplan se calmara.

Los dos hombres salieron por una puerta lateral. La sala quedó despejada. Bernard, no sabiendo adónde dirigirse, prefirió esperar allí. Las manos le temblaban levemente.

En el momento final, también a él le había parecido que, con su incontrolada reacción, Pierre Bac se delataba como autor del asesinato.

# 12 *¿Una cita con el verdugo de París?*

PASÓ un buen rato antes de que Stassin apareciera de nuevo. Cuando lo hizo, su rostro reflejaba contrariedad. Parecía haber olvidado la nueva proeza de Kaplan. Algo más urgente absorbía su atención.

—Se nos plantea un problema delicado, Bernard. Si no acertamos a resolverlo de una vez por todas, tendremos dificultades.

—¿De qué se trata?

—Ha habido filtraciones.

—No comprendo a qué se refiere.

—A pesar de todas nuestras precauciones, la existencia de Kaplan ha llegado a oídos de otras personas interesadas en la metapsíquica. Exigen que se constituya una comisión investigadora en torno a él. Obviamente, con la intención de formar parte.

—Dígame, por favor —pidió Bernard muy alerta—, ¿qué personas son?

—Edgar Nègre, del Centro Teosófico, y el lamentable Sacha Kairnes. Y nos tememos que pueda haber más. La cosa es grave, porque el subprefecto puede tomar una decisión drástica.

—Conozco a las dos personas que ha nombrado. No aceptaría de buen grado que ninguna de ellas se inmiscuyera.

—Ni nosotros estamos dispuestos a admitir otros colaboradores. No nos proponemos organizar un congreso de metapsíquica, sino tener la cooperación de un solo especialista. El designado es usted. Ayúdenos, en su propio interés, a librarnos de los demás.

—Es mi mayor deseo. Pero me temo que no resultará fácil.

—El subprefecto está aquí. Quiere zanjar el asunto. ¿Tendría usted inconveniente en acompañarme?

Negarse era lo peor que Bernard podía hacer.

—Lo haré con mucho gusto.

Recorrieron de nuevo pasillos y escalinatas en intrincada sucesión.

Herbau los esperaba al fondo de un enorme salón de recepciones. No había allí nadie más que él. Antes de que se acercaran lo suficiente, empezó a hablarles de manera áspera, sin dar tiempo a las presentaciones:

—Me dirijo por igual a ambos, si bien la responsabilidad de todo esto le corresponde al inspector Stassin. Hemos llegado al límite de lo tolerable. La importantísima ayuda que nos está prestando Alain Kaplan no me hace olvidar otras prioridades. Si esto sigue así, todo un enjambre de aficionados al ocultismo va a invadir nuestras dependencias. Sólo en París son miles. ¡Y acabarán viniendo hasta de provincias! De ninguna manera voy a consentir que a través de ellos trascienda a la opinión pública que la clave de nuestros últimos éxitos está en un vidente. Antes de reconocer tal cosa, oíganme bien: sería capaz de devolver a Kaplan a Reims, aunque con ello sacrificara futuras posibilidades.

Bernard pensó que Stassin iba a estallar, pero no lo hizo. Herbau tenía sus razones. Hasta cierto punto, eran comprensibles. No obstante, las esgrimía con excesiva aspereza. La preocupación de Bernard aumentaba mientras seguía escuchando al subprefecto.

—Si se sabe que recurrimos a médiums para ejercer nuestras responsabilidades, caeremos en el descrédito más deplorable. Pasará mucho, muchísimo tiempo, si alguna vez llega ese momento, antes de que una cosa así pueda ser admitida como normal. Que los delincuentes crean que estamos en posesión de un arma secreta que nos lleva a aciertos inexplicables, de acuerdo. ¡Pero que no sepan cuál es! Así la imaginarán más temible todavía y, lo que es más importante, nuestra dignidad no sufrirá menoscabo.

Herbau se detuvo para tomar aliento. Aprovechando la pausa, observó a Bernard con atención. Luego le preguntó:

—¿Se le ocurre a usted cómo han podido enterarse de lo de Kaplan esos colegas suyos?

Bernard estaba al corriente de la indiscreción de Jouvet y sabía muy bien que él mismo, con un propósito definido, le había hablado a Kairnes de la presencia de un médium excepcional en París.

No obstante, prefirió mentir. No quería arrostrar las iras del subprefecto.

—Sólo se me ocurre que haya sido Gaston Lombard quien los ha puesto sobre aviso.

—¡No me hable de ese malnacido! En mi presencia, ni nombrarlo —tronó Herbau, y luego añadió, algo más sosegado—: Disculpe, hay individuos que me sacan de quicio.

—Es comprensible. Lo lamento.

—¿Se da cuenta del peligro que supone que Nègre y el otro conozcan nuestro secreto? Por ahí, la filtración puede alcanzar proporciones alarmantes. Se impone una solución radical, señor...

—Bernard, Louis Bernard —apuntó Stassin.

—¿No sería posible reducirlos al silencio mediante alguna coacción legal? —sugirió el aludido.

—Eso avivaría más sus ansias de entrometerse —consideró el subprefecto—. Pensarían que la cosa es más interesante aún de lo que creen. Dándole tanta importancia, estaríamos confirmando el relieve del asunto.

—¿Se le ocurre algo, Bernard? —preguntó Stassin.

—Estoy pensando qué me haría desistir a mí si estuviese en el lugar de Edgar Nègre en estos momentos —respondió.

—¡Eso es! —aprobó Herbau—. Usted conoce la mentalidad de esa clase de tipos. Al fin y al cabo, es uno de ellos —puntualizó desconsideradamente—. Propónganos una solución práctica y terminante.

—En mi opinión, sólo una cosa podría desalentarlos.

—¿Cuál? —preguntaron casi a la vez Herbau y Stassin.

—Que se convencieran de que Alain Kaplan es un simulador.

—¡Ajá! —exclamó el subprefecto—. Pero ¿cómo llevarlos rápidamente a esa conclusión? El tiempo apremia.

—Organizando una demostración falsa.

—¿Puede ser más preciso?

—Se trataría de hacerles presenciar una actuación en la que Kaplan se comportara como un hábil impostor.

—¿No se darían cuenta del engaño? —opuso Stassin.

—Si no se hiciera burdamente, es muy posible que no. Lo nuestro no es una ciencia exacta. Hay diversos grados entre lo auténtico y lo falso.

Stassin y Herbau se miraron interrogativamente. El subprefecto dijo:

—Permitir que vean a Kaplan es llegar muy lejos. ¿No se podría llevar a cabo el engaño con un doble?

—Entonces sí notarían la falsificación. No es lo mismo un impostor sin más que un verdadero dotado fingiendo ser un simulador. Este último resultará mucho más convincente. Si les presentamos un suplente burdo, no creerán que hayan logrado engañarlos a ustedes. Aunque no sean especialistas, nunca caerían en las artimañas de un mixtificador. Su cometido como policías consiste en desconfiar de las apariencias, y más ante alguien que se les presenta como clarividente.

—Es verdad —corroboró el subprefecto—. Por cierto, si lleváramos a cabo el experimento, también usted debería fingir.

—Desde luego —confirmó Bernard—. Yo simularía haber dudado hasta aquel momento. Ante el desarrollo de la prueba, dictaminaría finalmente que Kaplan no merece atención desde una perspectiva metapsíquica.

—Me parece arriesgado, pero, en vista de que no hay otra opción, seguiremos la del señor Bernard. ¿Cuál es su parecer, Stassin?

—Merece la pena intentarlo.

—Adelante, pues. Dispóngalo todo con el asesoramiento de Bernard. Pueden hablar aquí. La distancia que media hasta la puerta garantiza la discreción. Señores, buenos días.

Herbau abandonó el salón caminando vigorosamente. Bernard pensó que sería muy capaz de devolver a Kaplan a Reims, o a otro lugar ignorado e inaccesible, si no se alcanzaba el objetivo de alejar a Nègre y a Kairnes.

Jules Stassin dijo:

—Bien, la situación está que arde, como ha visto. ¿Cómo planteamos la falsa demostración?

—Si me permite hablar con Kaplan, yo mismo le daré las instrucciones.

—Imposible, Bernard. Se ha retirado a descansar. Estaba exhausto: toda una noche en vela, con esfuerzos más allá de lo normal. Ya se habrá dado cuenta de que su constitución física no es muy robusta que digamos. Acusa mucho el desgaste. Si queremos que esté aceptablemente en forma para la práctica del engaño, será mejor que le dejemos dormir unas horas.

—¿Cuándo podré verle de nuevo?

—En la misma sesión. La haremos esta noche. No es posible esperar más. Dígame lo que hay que indicarle a Kaplan y yo mismo se lo transmitiré.

Disimulando su contrariedad, Bernard accedió a darle a Stassin los consejos que estimaba pertinentes para el buen éxito del simulacro.

El inspector lo anotó todo y se mostró confiado en el buen fin de la intentona. Finalmente, emplazó a Bernard para aquella misma noche:

—Esté aquí a las diez. Apenas habrá personal a esa hora. Cuanta menos gente en el edificio, mejor. Yo me encargaré de convocar a sus competidores. Seguro que no querrán perderse la sesión. Deseémonos suerte, Bernard.

—La tendremos. Si Kaplan acierta con su parte, creo que el ardid dará resultado.

No era tan optimista la expresión del rostro de Bernard al salir del Palacio de Justicia. Miraba hacia delante como si tuviera enfrente un lienzo enigmático cuyo significado no podía descifrar.

AL SONAR LAS DIEZ EN LOS CAMPANARIOS, Louis Bernard entró en la sala habilitada para el experimento. Sus oponentes estaban ya allí, de pie en torno a una mesa colocada al efecto.

Saludó escuetamente y le fueron devueltos saludos también breves.

Edgar Nègre tenía una apariencia relajada. Estaba junto a Gabrielle. Ella clavó sus ojos en Bernard, preocupada, en cuanto lo vio entrar. Lo que percibió en su rostro no contribuyó a tranquilizarla. Instintivamente, se mordió el labio inferior.

Sacha Kairnes se había vestido para la ocasión de un modo discreto y elegante. Aun así, su presencia resultaba imponente, como si estuviese a punto de soltar una encendida arenga, al estilo de las que pronunciaba en La Hermandad.

Nègre tomó la palabra:

—Confío, Louis, en que aceptarás sin demasiado disgusto nuestra participación, la de Gabrielle y la mía —puntualizó, para dejar bien sentado que sus palabras no incluían a El Mago—. Sabemos que tú nos llevabas en esto una cierta ventaja, que así quedará neutralizada. Pese a ello, espero que no veas con rencor nuestra entrada en el caso. No te discutimos la primacía, pero una acción conjunta será más contrastada, más completa en perspectivas. Nada más lejos de nuestro ánimo que entrar en rivalidades porque, si el caso es tan fuera de serie como se presume, habrá en ese hombre sobrado tema de estudio para los tres. En fin, Louis, apelo a tu comprensión y a tu ecuanimidad.

Nègre abrió una pausa para dar opción a que Bernard hablara. Al ver que éste se mantenía en silencio, continuó:

—En cuanto a nuestro *amigo* aquí presente —aclaró con hastío, indicando a Kairnes con un gesto despectivo—, espero que se cansará pronto de esto, cosa que pronostico ocurrirá cuando se dé cuenta de que no va a sacar ningún provecho económico ni propagandístico de su intervención.

El Mago, a tono con lo correcto y distinguido de su indumentaria, se limitó a esbozar un sonrisa. No quería enfrentarse a los otros dos. Su estrategia consistía en evitar altercados que perjudicaran su imagen ante los responsables de la policía.

Bernard guardó silencio durante un rato, acaso más largo de lo necesario. Después, de acuerdo con el papel que estaba representando, se limitó a decir, sin hacer distinciones entre Kairnes y Edgar Nègre:

—Mentiría si dijese que me entusiasma tener que compartir esta investigación. Es más: no me importa que sepáis que las autoridades os han convocado en contra de mi insistente oposición. Pero, dado que no soy el dueño exclusivo de este caso, no puedo exigir más de lo que la prefectura esté dispuesta a otorgarme. De hecho, sólo he visto al señor Kaplan en dos ocasiones fugaces. Prácticamente es tan desconocido para mí como para vosotros. No hay ventaja que valga: estamos igual. Todo esto me desagrada, sí, pero no voy a renunciar.

—Nadie ha pensado en que tú abandones, Louis —protestó Nègre, conciliador.

—En el primer momento, cuando he comprendido cómo podría

acabar todo, ha pasado por mi mente la idea de retirarme —dijo Bernard—. Después la he rechazado. Aguantaré hasta el final, pase lo que pase.

Nègre iba a replicar algo, pero se lo impidió la repentina entrada de Stassin.

—Señores, Alain Kaplan estará aquí en breves instantes. Les ruego que ocupen sus asientos. Y recuerden lo convenido: en ningún momento se dirigirán a él con preguntas o comentarios. Esperaremos a que Kaplan se manifieste, no importando el tiempo que le lleve hacerlo.

Los cuatro convocados se sentaron en torno a la mesa circular. Sólo dos butacas quedaron vacantes. Stassin atenuó la iluminación hasta un propicio grado de penumbra. La interrumpida conversación no volvió a reanudarse. Flotaba un clima de incomodidad entre los allí reunidos, con la única excepción de Gabrielle, que sólo tenía ojos para Bernard, pese a que trataba de disimularlo. Creía adivinar lo mal que le había sentado la forzada presencia de Nègre y Kairnes en el acto.

Al fin, la puerta se abrió silenciosamente, dando paso a Alain Kaplan. Se dirigió hacia la mesa, muy concentrado, con la mirada baja, sin lanzar ni una ojeada a los que lo estaban esperando. Su apariencia demacrada, pudo apreciar Bernard, no había mejorado. En aquella penumbra, incluso parecía acentuada.

Kaplan se instaló en su butaca y adoptó una actitud distante. Stassin, sin hacer apenas ruido, se sentó a su lado.

Edgar Nègre seguía tranquilo y distendido. Bernard miraba a Kaplan con expresión estática para impedir que su cara reflejara su estado de ánimo. Sacha Kairnes parecía más aburrido que interesado, y observaba a todos los demás con un atisbo de sonrisa en los labios.

—Pongamos las palmas sobre la mesa y démonos las manos —solicitó Kaplan con voz lejana.

Con cierta extrañeza, debida a lo tópico de la petición, los invitados hicieron lo indicado. Stassin los imitó. Todos quedaron cogidos de las manos. Bernard estaba sentado entre Edgar Nègre y Gabrielle. Enfrente tenía a Kaplan, flanqueado por Stassin y El Mago.

Pasado un largo intervalo, la respiración del médium se fue haciendo sonora y agitada. Tenía los ojos cerrados. Después fue palideciendo, como si la sangre dejase de afluir a su cara.

Nègre miraba fijamente a Kaplan con una ceja levemente arqueada, como denotando suspicacia. Gabrielle tenía la vista baja. Kairnes había girado la cabeza para observar al vidente de perfil. La cara de Stassin era, más bien, de circunstancias. Sólo se oía la respiración de Kaplan, rápida y entrecortada.

Bernard temió que el vidente se excediera. Si exageraba los indicios de impostura, acabaría por descubrir el juego. Buscó la mirada de Stassin para transmitirle aquella inquietud.

El inspector no tardó en captar el mensaje. Después, con extremo disimulo, oprimió varias veces la mano de Kaplan para darle a entender que no abusara de los aspavientos respiratorios.

No dio resultado. Kaplan parecía cada vez más inmerso en un proceso que se desarrollara fuera de su control.

Nègre empezaba a adoptar una expresión irónica. Stassin y Bernard temieron que la argucia fracasara. Si la sesión resultaba demasiado aparatosa, no convencería a nadie. Se vería a las claras su intención. Lejos de desinteresar a Nègre, aún lo pondría más al acecho. En cuanto a Kairnes, sus reacciones eran imprevisibles. Kaplan cayó en una especie de sopor que, hasta cierto punto, mejoraba las cosas. Su respiración se había acallado. Continuaba estando muy pálido. Se llegó a un silencio espeso y grávido.

A Bernard le sudaban las manos. De buena gana las habría liberado del contacto. Stassin lo miraba, como esperando alguna indicación. Pero no era posible intervenir. Sólo cabía esperar a que Kaplan hiciera o dijera algo que ayudara al propósito marcado.

Transcurrió un tiempo interminable. Cuando al fin se oyó la voz de Kaplan, no pareció surgir de su cuerpo, sino de un ángulo oscuro de la sala. Dijo entrecortadamente:

—El verdugo de París... espera... a alguien..., a alguien que está ahora..., que está ahora... *aquí.*

El Mago se desasió de Kaplan y de Gabrielle, prorrumpió en una sonora carcajada, se puso en pie y dijo mirando a Kaplan, que había quedado de bruces sobre la mesa, como inconsciente:

—No se esfuerce más, amigo. Ya estamos convencidos de la jugada.

Edgar Nègre se levantó a continuación.

—Lamento decírselo, inspector: si éste es el hombre en el que confiaba como médium, le advierto que no llegará muy lejos con sus revelaciones. El fraude no puede ser más evidente. Ha imitado, muy mal, una entrada en trance. Ahí aún podía caber duda; no mucha, la verdad. Pero su *mensaje* final lo ha dejado todo claro.

—Con tiempo, yo sería capaz de preparar a un sujeto que diera gato por liebre mucho mejor que éste —aseguró El Mago, omitiendo aclarar que en realidad lo había hecho muchas veces—. Hemos perdido el tiempo.

Gabrielle se acercó a Bernard y le dijo aparte:

—Lo siento. Creo que tienen razón. ¿No lo ves así? Ese hombre no ha tenido estados trascendentes en su vida. Se ve a la legua.

—Sí, sí —murmuró Bernard, aún aturdido por el curso de los acontecimientos—. Como he dicho antes, lo conocí ayer, fugazmente. Aún no había podido formarme una opinión.

—No será el gran caso que esperabas, Louis. Habrá que buscar en otra parte.

—Aunque, pensándolo bien, quizá somos injustos —proclamó Kairnes en tono burlón—. Puede que este hombre haya dicho una gran verdad. A lo mejor, el verdugo de París lo espera a él. Quizá tiene alguna cuenta pendiente. Nadie mejor para saberlo. Inspector, no lo pierda de vista. El *trance* lo ha empujado a confesar, ¡ja, ja, ja! Caballeros, Gabrielle, buenas noches.

Con un ampuloso e irónico ademán de despedida, Kairnes se retiró. Edgar Nègre se aproximó a Stassin.

—Inspector, gracias por habernos dado la oportunidad de desbaratar esta impostura. De no ser porque teníamos una descripción detallada de Kaplan, que incluía hasta el color de sus ojos, habríamos pensado que se trataba de un sustituto introducido para confundirnos. Pero no; aunque parezca increíble, sabemos que es él en persona. Desde luego, si algo les ayudó a resolver el crimen del fotógrafo no fueron las indicaciones de este farsante. Lo certifico. Inspector Stassin, Louis, hasta otra ocasión.

—Buenas noches —murmuró Gabrielle saliendo tras Nègre.

Cuando quedaron con la única compañía de Kaplan, que seguía desplomado sobre la mesa, Stassin y Bernard se miraron interrogativamente. Cada uno quería conocer la opinión del otro. El policía fue quien primero habló. Su frase, más que una afirmación, pareció un tanteo:

—Éxito total, ¿no?

—A lo que parece, sí.

—Los hemos ahuyentado. Se les han quitado las ganas de seguir husmeando. Tenemos campo libre.

—Sí —dijo Bernard, aún confuso—. Pero ¿por qué no ha seguido Kaplan las instrucciones? ¿Por qué ha improvisado por su cuenta durante la simulación? Ha estado a un paso de echarlo todo a perder.

—No ha sido una simulación —dijo Kaplan de pronto, alzando la cabeza con dificultad.

—¿Qué quiere decir? —preguntó Stassin.

—Intenté fingir, como habíamos convenido —empezó a explicar Kaplan, articulando trabajosamente las palabras—. Pero no puede controlarme. Esa sensación me arrastró. Era muy fuerte, muy clara...

—¿Qué sensación, Kaplan? —preguntó Stassin.

—La de que una de las personas que estaban aquí es culpable de asesinato. Había una presencia manchada de muerte, de muerte causada a alguien...

—¿A quién? —inquirió Bernard con voz muy firme.

—No lo sé. Pero no hace mucho tiempo. Las vibraciones eran muy fuertes. Luego, las risotadas y las voces las alejaron. Ya no he podido percibir más.

—¿De dónde provenía la sensación? —quiso saber Bernard—. ¿Del hombre que estaba a su izquierda? —especificó, en alusión a Kairnes.

—Es posible. No puedo asegurarlo.

—¿De qué homicidio sería culpable? —insistió Stassin.

—Ahora no puedo precisar tanto. No puedo. Pero sé que una de esas personas oculta un asesinato. Algún día se sabrá. Entonces se acabarán las risotadas.

Stassin miró a Bernard y, viéndole inexpresivo, tomo la iniciativa:

—Está bien, Kaplan. No insistamos ahora. Más adelante intentaremos sacar partido de su percepción. Lo veo muy cansado. Creo que ya hemos abusado bastante de usted por hoy. Necesita reposo. Le doy mi palabra de que lo tendrá.

—Sí, gracias —murmuró el médium saliendo lentamente de la estancia.

—Creo que Kaplan ha llegado al límite de sus fuerzas. ¿No le parece, Bernard?

—Existe una fase que denominamos «agotamiento transitorio del médium». ¿Se refiere a eso, inspector? —preguntó Bernard, frío y ausente.

Stassin observó a su interlocutor y dijo:

—No conozco la terminología adecuada. Pero dígame: ¿cree que Kairnes puede tener las manos manchadas de sangre?

Bernard explicó:

—Me merece una consideración pésima. Sin embargo, aunque lo creo capaz de muchos abusos, no acabo de verlo como homicida, la verdad.

—¿Y Edgar Nègre?

La respuesta se hizo esperar.

—Es demasiado listo para caer en semejante atrocidad. Tiene impulsos agresivos, sí. A veces, muy fuertes. Pero sabe canalizarlos de otra manera. No le va el papel de asesino.

—¿Gabrielle Lahrier?

—¡Por Dios, Stassin! Ella está hecha de la misma materia que los ángeles. Sé lo que me digo. Olvídela totalmente.

—Por consiguiente, Kaplan ha fallado de manera estrepitosa.

—Así parece.

—¿Existe el peligro de que sus facultades hayan llegado a un agotamiento definitivo? Eso es lo que más me preocupa.

—Se lo diré cuando lo vea en acción de verdad. El agotamiento, como le he dicho, puede ser momentáneo. Ha ocurrido en muchos casos.

—Esperemos que éste sea uno de ellos. Esté localizable, Bernard. Volveré a convocarle mañana mismo, en cuanto vea cómo está Kaplan. Entre lo que él diga y lo que me aconseje usted, tomaré una decisión para los próximos días.

—Estaré en mi casa. Por cierto, ¿ha confesado Pierre Bac?

—Casi. Delo por hecho. Está muy maduro. No será necesario trabajarlo a fondo. Caerá por sí solo.

Bernard permaneció unos momentos con la mirada perdida. Después dijo:

—¿Y si se tratara de otro error de Kaplan?

—No sería sólo de él, sino también mío. No olvide que yo orienté la investigación a partir de lo que dijo Kaplan. Fíese de mi olfato: Pierre Bac es culpable.

# 13 *Comprobación de coartadas*

COMO en tiempos anteriores, Louis Bernard se entregó aquella noche a una sesión de escritura en su despacho.

Había tenido por costumbre llevar un registro minucioso de todas sus observaciones e impresiones acerca de los fenómenos y sujetos que estudiaba. En los estantes a sus espaldas y en otros muebles del despacho se amontonaban cientos de carpetas llenas de anotaciones de ese género. La inmensa mayoría eran constataciones de fracasos y estudios efectuados en vano. Y los casos auténticos allí documentados eran de escasa relevancia.

Los cartapacios relativos a Blanche estaban en lugar aparte. Ocupaban varios cajones de la mesa del despacho. Aquél era el capítulo más doloroso y amargo entre todas sus tentativas frustradas. Le había dejado una huella de la que nunca podría liberarse.

Varias veces había estado tentado de destruir todo el material de sus carpetas, incluidas las de Blanche. Siempre lo había detenido la idea de que algún día podrían serle útiles a alguien como material de referencia.

Además, reducir a la nada el fruto de tantos años de trabajo, aunque estéril en su mayor parte, requería un grado de frialdad o desesperación que ni en sus peores momentos había alcanzado. Siempre había logrado detener su mano cuando iba a dejar caer el primer legajo sobre el fuego.

Y aquella noche iba a añadir uno más, muy breve, acaso el último. Su título: *Alain Kaplan.* Empezó a escribir a medianoche, como tantas otras veces. Su ánimo, sin embargo, era muy distinto en aquella ocasión. Quería reflejar de la manera más concisa su opinión sobre Kaplan y todo lo que rodeaba a su colaboración con la policía de París.

Hacía una apuesta consigo mismo y con el tiempo, con el poco tiempo que, según intuía, iba a prolongarse el caso. Anotó su conclusión anticipada, antes de que los hechos vinieran a desmentirla o confirmarla. Luego, en papel aparte, redactó un texto complementario, lo introdujo en un sobre y lo cerró con lacres.

Por fin, metió el sobre y las otras notas en un segundo sobre y lo cerró normalmente. Después lo escondió en un estante.

AUNQUE DABA POR SEGURO que no tardaría en llegar a su domicilio un aviso de Jules Stassin, Bernard se encontraba a las diez de la mañana en las inmediaciones de la casa de salud donde estaba internada Blanche.

Se había apostado en un terraplén, desde el que podía ver gran parte del jardín del establecimiento sin llamar la atención.

Se mantuvo en paciente espera por más de media hora. Sabía que no podía faltar mucho para que los internos salieran al jardín a pasear.

Cuando obtuvo lo que deseaba, su rostro se distendió. Blanche, incluso vista desde lejos, tenía un aire plácido. Caminaba tranquilamente. Bernard no podía ver con claridad su rostro, pero no le era difícil imaginarlo en calma.

Tras un recorrido en el que se paró junto a algunos árboles, ella fue a sentarse en el banco habitual. Los otros enfermos deambulaban a su antojo, bajo la mirada de varias enfermeras. Bernard sólo veía a Blanche.

Después, una mujer se sentó junto a ella. No vestía de blanco. Debía de tratarse de otra interna. Le hablaba. Así estuvo un rato. No obtuvo respuesta. Blanche estaba ensimismada, lejana, no quería conversar. La otra acabó por callarse. Se limitó a permanecer a su lado en silencio.

Blanche había entrado en un mundo interior donde el pesar y la tristeza no existían. Era un estado irreal, pero para ella equivalía a una figuración del paraíso.

Bernard conocía lo bastante sus gestos y actitudes como para comprenderlo a distancia. Murmuró mirándola:

—Disfrútalo, pobre Blanche. No va a durar mucho tiempo.

Luego, tras contemplarla un momento más, se alejó de allí rápidamente.

EN SU CASA LO ESPERABA un visitante. Así se lo hizo saber la criada.

—Es un señor muy encopetado. Parece un notario o algo así.

Al entrar en el salón, creyó reconocerlo. No obstante, dudaba. Dejó que él se presentara.

—Soy el juez Albert Savenay. Tengo a mi cargo la instrucción del caso Bresse, hombre al que conocía personalmente. Quizá me estoy extralimitando en mis funciones, pero la aparición de una persona tan rara como Alain Kaplan hace que todo sea distinto de lo habitual.

—Tengo mucho gusto en conocerle, juez Savenay —dijo Bernard, sin mencionar que lo había visto en el teatro Racine aquella noche desdichada.

—Espero que mi visita no resulte inoportuna.

—En modo alguno. Todo lo contrario.

—Le diré con sinceridad que tiene usted en mí, no sé si debería decir *tenía,* a un escéptico tenaz en lo referente a los fenómenos metapsíquicos y a toda posibilidad real de comunicaciones con los muertos. Hasta hace bien pocos días, jamás había otorgado el menor crédito a esas cuestiones. No ignoro que personas de talento, como usted, han alzado su voz en sentido contrario. Sin embargo, y sé que me perdonará por lo que voy a decirle, eso a mí no me bastaba. Muchas veces, también los hombres de talento incurren en errores. Yo mismo, disculpe la inmodestia, he cometido muchas equivocaciones de todo tipo a lo largo de mi vida.

—Todos las cometemos —convino Bernard sin comprometerse.

—¿Incluso un gran dotado como Kaplan? —preguntó el juez entrando en materia—. Quiero decir, ¿hasta qué punto estaría usted dispuesto a dar crédito a las afirmaciones que él haga de ahora en adelante?

Bernard pensó que la pregunta estaba mal planteada. Lo expresó diplomáticamente:

—Habrá que considerarlas una a una. No es posible generalizar. Además, apenas lo conozco. Aún no me he podido formar una idea de sus capacidades.

—Kaplan insiste en lo que afirmó anoche. Como un obseso. ¿Sabe qué le ha llegado a exigir a Jules Stassin?

—No.

—Que se examinen las coartadas de los asistentes a la falsa demostración. Estoy al corriente de esos últimos pormenores por razón de mi cargo.

—Coartadas... ¿con respecto a qué hechos?

—Con respecto a uno solo: el asesinato de Henri Bresse. Y lo peor es que, contra mi opinión, Stassin ha decidido hacerle caso. Dice que aunque sea una posibilidad muy remota, hay que apurarla. La verdad es que el inspector me preocupa. Creo que confía demasiado en Kaplan.

—Hasta cierto punto, no es de extrañar.

—Sí, de acuerdo —concedió Savenay—. Pero ¿seguiría usted apostando sin cesar en una misma mesa de juego por el solo hecho de haber ganado en una o dos jugadas? Ya sé que la comparación es muy forzada. Sólo intento explicarme de forma gráfica.

—Siguiendo con la comparación, nada impide que se pueda volver a ganar. La clave consiste en no arriesgar demasiado en cada envite.

—A eso iba. Veo que me ha comprendido a la perfección. ¿No es una conducta arriesgada fiarlo todo a una carta?

—Efectivamente, lo es.

—Pues eso es lo que está haciendo Stassin. Ni más ni menos, señor Bernard. Desde que Kaplan entró en escena, las investigaciones normales han sido prácticamente abandonadas. Todo lo confía a las intuiciones o... adivinaciones... o...

—Percepciones.

—Eso es: a las percepciones de ese hombre. No me parece bien. Y lo peor es que, como juez instructor del caso, esa conducta me deja también a mí a expensas de las indicaciones de ese individuo. No se practican más diligencias que aquellas en las que interviene Kaplan o que son sugeridas por sus palabras.

—Sí, es una situación muy peculiar —repuso Bernard ambiguamente.

—No sé si lo que voy a pedirle irá en contra de sus convicciones.

—Mis convicciones no son dogmáticas, juez Savenay. Dígame.

—A petición de Kaplan, esta noche se celebrará una actuación muy irregular, una más, en la casa de Henri Bresse. El vidente quiere que no asista nadie, excepto Stassin y un par de agentes. Dice que esta misma noche sabrá algo decisivo. Habla como un alucinado. Yo creo que está casi fuera de sus cabales. Pues bien, le pido como favor personal que se persone usted allí esta noche y me ayude a convencer a Stassin, una vez acabado el experimento, de que hay que poner fin a todas estas extravagancias, por lo menos hasta que Kaplan recupere el tono y la cordura que tenía en sus primeras intervenciones. Usted, como entendido en la materia, sabrá persuadirlo. Y será menos humillante para él aceptar los razonamientos de un experto que doblegarse a una orden mía. ¿Puedo contar con su colaboración, Bernard?

—Me pone en una situación difícil. Toda mi vinculación al caso pasa por Stassin. Si él no me pide que vaya...

—Como juez instructor, tengo la suficiente potestad para solicitar la presencia de los peritos que estime convenientes. Eso es lo que estoy haciendo, nada más. Stassin no tendrá nada que oponer. Bastante tolerancia le he demostrado ya.

—Con todo, si se predispone contra mí, me cerrará el acceso a Kaplan en lo sucesivo.

—Le garantizo que no lo hará. Bastará una palabra mía al subprefecto Herbau para que todas las puertas le sean abiertas, Bernard. Tenga en cuenta que Stassin es una persona muy posesiva. Cuando cree tener algo de valor entre manos, lo guarda celosamente. A veces, si no le queda otro remedio, acepta compartirlo, pero siempre a regañadientes. Es un acaparador. No me diga que no lo ha notado.

—Sí, en cierto modo.

—Alabo su prudencia. Pero yo no estoy obligado a tenerla. Por tanto, lo reitero: usted nunca tendrá vía libre a Kaplan mientras Stassin esté de por medio creyéndose dueño de la situación. Es cierto que peleó mucho con el subprefecto para que lo autorizara a valerse de ese hombre, pero eso no le da todos los derechos sobre el clarividente. Yo ordenaré que usted celebre con él tantas sesiones consultivas como quiera. Es una promesa en firme y la cumpliré: Kaplan cae de lleno bajo mi jurisdicción.

Con expresión vacía, Bernard dijo:

—Discúlpeme un instante.

Salió del aposento, para regresar al poco tiempo. Llevaba en la mano un cuaderno con tapas de hule negro.

—¿Qué día fue asesinado Henri Bresse?

—¿Por qué me lo pregunta, Bernard? —inquirió el juez con cara de no entender qué se proponía su anfitrión.

—Para atar un cabo suelto.

—El dieciséis de mayo. La agresión se produjo entre las seis y las siete de la tarde. La muerte fue instantánea.

Bernard consultaba su cuaderno. Pronto anunció:

—Puedo alegar una coartada.

—¡Por favor! Nadie se lo ha pedido. Usted es un colaborador del inspector Stassin y, desde hoy, si accede a mi ruego, de la magistratura. No está bajo sospecha alguna.

—Según se mire. Kaplan dijo que uno de nosotros tenía una cita pendiente con el verdugo de París.

—Ah, ya veo —dijo Savenay despectivamente—. Esa afirmación es una muestra de la actual incapacidad de Kaplan.

—De todos modos, ¿por qué dejar suelto un fleco que puede ser recogido? Como dice el inspector Stassin, en una investigación hay que llegar al final de todos los caminos. Pasé la tarde del dieciséis de mayo en la residencia del barón Latour, persona sobradamente conocida. No me cabe la menor duda de que tanto el señor barón como diversas personas de su familia y su servidumbre confirmarán el hecho.

—Nadie irá a preguntárselo.

—Le pido que sí se haga. Aunque sea una mera formalidad, debe verificarse lo que he dicho. Todos tenemos que estar en igualdad de condiciones.

—Bien, como quiera —aceptó el juez olvidándose enseguida de la cuestión—. Ahora volvamos a lo nuestro. ¿Me ayudará esta noche a hacer entrar en razón al tozudo Stassin? Usted sabrá cómo hacerlo. Sobre todo si la velada acaba en un nuevo fracaso, que es lo más probable.

—De acuerdo —consintió Bernard sin entusiasmo—. Allí estaré. A propósito, ¿es usted también el juez instructor del caso Fox? —preguntó como si no conociese la respuesta.

—Sí, lo soy. Y ésa es otra. Yo no puedo incriminar a ese joven, Bac creo que se llama, sólo porque Kaplan lo haya señalado como asesino en un careo totalmente irregular. Necesito elementos más sólidos.

—Stassin estaba ayer muy convencido de que Bac admitiría su crimen sin tardanza.

—Esta mañana seguía estándolo. Yo no entro ni salgo. Me limito a esperar acontecimientos. Bien, le agradezco su cooperación por adelantado. ¿Conoce las señas del difunto Bresse?

—Sí, en la Butte, *rue* Caulaincourt. Me enteré por los periódicos.

—Exacto. Aquello está lleno de descampados. No se confunda.

—¿A qué hora debo acudir?

—Sobre las once empezará la cosa —dijo Savenay finalmente, con expresión de fastidio.

COMO UN MEDIADOR que se viera liberado por unas horas de sus responsabilidades, Louis Bernard dedicó a caminar al azar por la ciudad parte de lo que restaba del día.

Lo veía todo con ojos distantes. Hasta el polvoriento verdor de las Tullerías, en cuyos bancos se había demorado muchas tardes, le pareció extraño.

Dio sin proponérselo con uno de los lugares donde se realizaban las obras del futuro metro de París.

La idea de unos trenes rodando bajo tierra por la oscuridad de túneles le resultó agobiante.

No acertaba a explicarse cómo respirarían allá abajo las gentes hacinadas. Sólo el pensarlo ya le causaba angustia. Sin darse cuenta, establecía un paralelismo entre los pasajeros aprisionados en los vagones subterráneos y él mismo, atrapado en la difícil encrucijada donde estaba.

Pronto, el aire templado del París a cielo abierto también empezó a resultarle sofocante.

Ya sólo deseaba que la noche llegara cuanto antes.

# 14 *En el lugar del crimen*

EL camino nocturno a pie hasta la casa de Henri Bresse se le hizo muy fatigoso a Bernard. Estuvo tentado de parar un coche para recorrer el último trecho. Pero iba muy sobrado de tiempo. Siguió andando a un ritmo más moderado, aunque ya estaba cansado del ejercicio muscular que se había impuesto para serenarse.

A medida que se acercaba a Montmartre, el aire se iba haciendo más liviano. Allí, la ciudad iniciaba una transición que conducía a las alturas de la Butte, donde perduraba un ambiente casi rural en muchos aspectos.

La morada de Bresse era una casa antigua con patio delantero. Tenía un aspecto más aldeano que urbano, característica que quedaba realzada por los descampados de los alrededores. Eran una especie de tierra de nadie con algunos árboles y matojos. Se trataba de un lugar solitario, muy a propósito para la comisión de un asesinato sin testigos.

El revoque de yeso de la fachada había adquirido con el tiempo un tinte marfileño, que ahora parecía amarillento en la semioscuridad. El alumbrado era tan débil que la difusa claridad lunar predominaba en toda la calle.

Stassin había destacado dos hombres uniformados ante la casa. Al acercarse a la entrada del patio, Bernard se preguntó qué acogida le dispensaría el inspector. Temía que la intervención del juez Savenay fuese perjudicial para sus relaciones, hasta entonces correctas, aunque teñidas de ambigüedad.

Stassin se condujo como siempre, acaso algo más seco y expeditivo.

—Una novedad importante: hace dos horas, Pierre Bac ha confesado. Kaplan estaba en lo cierto. Mi pronóstico se ha confirmado al pie de la letra. Mañana estallará la noticia.

—Le felicito —dijo Bernard, neutro.

—Por otra parte, tanto Kairnes como Gabrielle Lahrier y Nègre han podido alegar coartadas indudables para la tarde del dieciséis de mayo. En eso Kaplan falló. Pero no importa: ya contábamos con ello.

Bernard notó que la confesión de Bac había hecho renacer la confianza de Stassin en Kaplan. No volvió a hacer alusión a su posible decaimiento o pérdida de facultades. Bernard tampoco habló de ello.

—Kaplan no tardará en llegar —dijo Stassin—. Veamos dónde puede situarse usted para observar. Él ha dicho que quería estar solo en la casa. No conviene que le vea. Acompáñeme, por favor.

Entraron en el vetusto edificio y atravesaron un primer vestíbulo para tomar un corredor largo y oscuro. Al final se encontraba el laboratorio del difunto Bresse.

Todavía quedaban frascos y probetas rotos por el suelo y estantes caídos. El hedor de productos químicos aún no había desaparecido.

—¿Nadie se ha ocupado de poner un poco de orden aquí?

—Bresse no tenía parientes. Vivía solo. Por nuestra parte, no tocaremos nada más hasta que el crimen se haya esclarecido. Kaplan lo agradece. Siempre prefiere visitar el lugar del crimen tal como quedó después del drama.

Bernard vio enseguida la misteriosa inscripción pintada en la pared, en toscos caracteres:

LOS QUE NO TIENEN VOZ HAN HABLADO AQUÍ

Inmediatamente después, reparó en algo que le produjo especial desagrado. Un muñeco vestido a la manera de Bresse estaba caído en el suelo, en un rincón del laboratorio. Llevaba una máscara que lo dotaba, a distancia, de un inquietante realismo.

—Lo hemos colocado a petición de Kaplan —explicó Stassin—. Una exigencia fácil de cumplimentar. Así fue como encontramos el cuerpo sin vida de Bresse. ¿Cree que servirá de algo?

—A veces los médiums obtienen ayuda de ciertos objetos. Éste pueder ser adecuado —dijo Bernard, rehuyendo otras consideraciones.

Sobre el laboratorio había una especie de altillo, que tenía su continuación en un cuarto que daba al muro norte. Stassin lo señaló.

—Me parece el mejor lugar. Podrá usted permanecer oculto todo el rato y ver lo que hace Kaplan. Subamos a examinarlo.

Era un espacio reducido, pero suficiente para lo que se requería. Había muchos instrumentos científicos en desuso, amontonados de cualquier manera, y gran cantidad de viejos libros, con las encuadernaciones corroídas por el tiempo. Una ventana, a media altura sobre el nivel de la calle, permitía observar el exterior.

—¿Le parece bien?

—Sí. Espero que Kaplan no suba hasta aquí.

—Si eso ocurre, actúe como crea oportuno —dijo Stassin, como si atribuyera tácitamente al juez Savenay la responsabilidad de un posible percance—. Confío en que Kaplan no nos tenga toda la noche esperando. Lo digo sobre todo por usted. Será quien esté en situación más incómoda.

—No importa. Yo soy uno más aquí. Además, estoy acostumbrado a observar en circunstancias difíciles.

—Mejor así. Le sugiero que se quede ya. Así nos aseguramos de que Kaplan no lo vea al llegar.

—Sí, me quedo.

—Suerte, Bernard.

—Gracias. Lo mismo le digo.

Stassin bajó del altillo y redujo aún más la tenue iluminación del laboratorio. A Kaplan le gustaba la penumbra cuando ponía en juego sus facultades.

Bernard fue a mirar por la ventana. Procuraba que su silueta no resultara visible desde el exterior. Se encontraba muy cansado, deseoso de que todo acabara cuanto antes.

Un carruaje avanzaba, apenas iluminado por las farolas del alumbrado. Se detuvo antes de llegar a la altura de la casa. De él descendió un Kaplan descuidadamente vestido, mal afeitado, demacrado en extremo. Estuvo un buen rato contemplando el edificio, como aprestándose a someterse a una prueba trascendental.

Después, Jules Stassin se le acercó y ambos intercambiaron unas breves palabras. Acto seguido, el clarividente entró solo en el edificio. Bernard cambió de ubicación para observar su llegada al laboratorio. Pudo verlo bien a pesar de la penumbra. Sus ojos se habían habituado a la escasa luz.

Kaplan se movía despacio, con mucha cautela. Sus movimientos tenían algo de ritual, como si los hiciera para ayudarse a conseguir una especial concentración. También movía los labios, murmuraba algo. A Bernard no le era posible oírle. El calor del cuartucho empezaba a agobiarlo. Y aún más la pestilencia química, que estaba ya penetrando en sus ropas.

Cuando el médium llegó ante el muñeco que imitaba el cadáver de Henri Bresse, se detuvo. Luego, actuando como en un ceremonial secreto, lo apartó y ocupó su lugar. Kaplan quedó tendido exactamente en la misma posición en que había estado el cuerpo sin vida del químico asesinado. Parecía querer fusionarse así con el espíritu del muerto.

Bernard notó un malestar en el estómago. También una sequedad de boca acuciante. El calor ya le era casi insoportable. Había presenciado muchas veces trances reales o supuestos de muy diversos médiums. Pero nunca había sentido las molestias físicas y la desazón mental que lo dominaban en aquellos instantes. Sabía que Kaplan, desde su inmóvil silencio, no podía estar influyéndole hasta aquel punto. La causa era otra, mucho peor todavía. Se dijo que nada era aún irrevocable, que era menester esperar, estar alerta, la noche entera si era necesario.

Pero necesitaba sustraerse a la insana influencia del momento. Para ello, se alejó con sumo cuidado de su posición de observador y fue hacia la ventana, pisando como si las baldosas estuviesen sembradas de cristales.

Vio a Stassin paseando por el patio exterior. Lanzaba continuas miradas a la puerta de entrada, como si esperara que en cualquier momento Kaplan se asomara para decirle algo de gran importancia. Sus manos, apoyadas en la zona lumbar, se retorcían nerviosamente.

Bernard reparó entonces en la ausencia del juez Savenay. Contra lo que había anunciado, no estaba allí. ¿Se reservaba acaso para más tarde, sabedor de que las primeras horas serían tan sólo preliminares? Aquella incógnita le produjo desconcierto. Algo no encajaba. ¿Cómo podía saber el magistrado cuál sería el momento propicio? Era extraño que no estuviese ante la casa.

Bernard volvió sigilosamente sobre sus pasos y observó de nuevo a Kaplan. Continuaba tendido como antes, pero su inmovilidad ya no era completa. Su pecho subía y bajaba de manera acusada. La cara le brillaba, pálida, con la lívidez del fósforo. Bernard no quiso soportar por más tiempo aquella visión. Se sentó de espaldas a Kaplan.

La renuncia a la contemplación no le bastó para aislarse de lo que ocurría en el laboratorio. Como una marea implacable que en su flujo y reflujo llegara cada vez más cerca de él, Bernard oía, con creciente intensidad, el sonido de la respiración del psíquico. A juzgar por las apariencias, Kaplan se estaba acercando a una situación de trance.

En el ánimo de Bernard empezaba ya a producirse una aceptación del desenlace que se avecinaba. Contra lo que había esperado, la proximidad del final le infundió calma. Había estado muchos días en guardia, reservándose. Pero el momento de actuar se acercaba. Un indicio más, y tomaría su última decisión con respecto al caso Kaplan. El hombre de Reims no le hizo esperar mucho, cosa que Bernard agradeció: su voz, gutural, áspera, empezó a dejarse oír. Hablaba como en sueños, no se podía entender lo que decía. Todo su cuerpo se movía, como presa de la agitación causada por una pesadilla.

Cayendo en intervalos de silencio, la voz de Kaplan se fue haciendo más sonora y desgarrada. Hablaba casi a gritos. Resonaba de forma imponente. Pero aún no podían comprenderse sus palabras.

Atraído por los ecos de aquella voz, Stassin apareció en el umbral del laboratorio. Miró atentamente a Kaplan y luego dirigió una rápida ojeada al altillo para asegurarse de que el metapsíquico continuaba atento en su lugar.

Fue entonces cuando las palabras de Kaplan empezaron a ser inteligibles. Parecía estarle hablando a alguien que se encontrara en un lugar lejano e inaccesible:

—¿QUÉ QUIERE?... ¿A QUÉ HA VENIDO EL ENVENENADOR?... ¿PINTARÁ DE NUEVO PALABRAS MALDITAS EN LOS MUROS?

Las últimas dudas de Louis Bernard se despejaron. Ya tenía una respuesta para el interrogante fundamental. Como desde el principio había sospechado, Alain Kaplan no era más que un simulador que se había aprendido su papel a conciencia. Ya sin apenas interés, siguió escuchándole.

—¡AQUÍ ESTÁ DE NUEVO! ¿QUÉ QUIERE AHORA? ¿QUÉ BUSCA? ¿QUÉ NUEVA AFRENTA ES ÉSTA? ¡HA VUELTO, TU ENVENENADOR ACECHA EN ESTA CASA! ¡NADIE MEJOR QUE TÚ, HENRI BRESSE, PUEDE SABERLO! ¡DIME QUIÉN ES! ¡DIME DÓNDE SE OCULTA AQUEL A QUIEN ESPERA EL VERDUGO DE PARÍS!

El juez Savenay se hizo visible junto a Stassin en el umbral del laboratorio. Bernard comprendió que había permanecido en otra habitación de la casa hasta aquel momento. Los dos representantes de la ley miraron hacia el altillo.

Bernard inició el descenso de los escalones con gran serenidad. Al llegar abajo, se estremeció por dentro. Procuró que no se notara su convulsión interior cuando dijo, dirigiéndose a Jules Stassin:

—Inspector, hay que poner fin a esto. Si este hombre sigue con sus esfuerzos —precisó señalando a Kaplan, que aún respiraba agitadamente, tendido en el suelo—, le dará un síncope. Ya no merece la pena proseguir con esta representación. Usted gana.

Caminó unos pasos atravesando el laboratorio y, cuando estuvo cerca de Savenay, le dijo:

—Me declaro culpable del asesinato de Henri Bresse. Condúzcame a donde tenga que llevarme. Redactaré una confesión escrita.

Al oír aquello, Alain Kaplan, el hombre de Reims, se levantó lentamente del suelo y empezó a sacudirse el polvo y los residuos que se habían adherido a su indumentaria. Parecía un actor que hubiese concluido su actuación en el escenario.

Stassin y Savenay mantenían una actitud solemne. Bernard abrió la marcha hacia el carruaje policial que esperaba fuera.

# 15 *Somniloquio y artes escénicas*

A la reunión sólo asistían oficiales superiores de la policía y altos funcionarios de la magistratura de lo criminal. Tenía carácter reservado. No se iban a comunicar a la prensa todos los pormenores del caso Bresse. Sólo un resumen adecuadamente perfilado. El subprefecto Charles Herbau, en nombre del prefecto, ausente de París, y el juez Albert Savenay ostentaban la presidencia del acto. Jules Stassin iba a correr con la mayor parte de la exposición. El subprefecto pronunció las primeras palabras. Rebosaba satisfacción.

—No creo exagerar, señores, al decir que el procedimiento seguido en el acoso hasta la confesión del sospechoso Louis Bernard ha sido modélico. A mi entender, pasará a los anales de la moderna investigación criminal como modelo de astucia, tenacidad y buen engarce de los elementos. Me remito a la opinión de ustedes, una vez hayan conocido la operación en su conjunto. Inspector jefe Stassin, puede comenzar cuando usted quiera.

—Bien puede decirse —empezó el designado— que las artes escénicas han desempeñado un importante papel en casi todas las diligencias del caso. En nuestro reparto secreto hemos contado con auténticas figuras y con cierto número de comparsas que han cumplido excelentemente. También han intervenido en el drama diversos figurantes involuntarios. Aunque ignorantes de su condición de tales, han contribuido al buen éxito final. Algunos nos complicaron las cosas en determinados momentos, pero no llegaron a obstaculizar el curso de los hechos. Todo se ha podido resolver sobre la marcha en las partes improvisadas de la representación, que no han sido pocas. Pero vayamos al principio, a las razones que nos aconsejaron la puesta en práctica del plan. En una sala contigua está esperando el doctor Emile Raynal, de la Casa de Salud Bauer y Raynal, a cuyo cuidado está la infortunada Blanche, esposa de Louis Bernard.

Dado que en la sala no había ningún funcionario subalterno, el mismo Stassin fue a buscar al alienista. Raynal entró algo turbado. Su voz sonó insegura en las primeras frases.

—La señora Bernard tuvo una fuerte recaída el diecisiete de mayo, día siguiente al asesinato del profesor Bresse. ¿Cuál fue la causa? Haber tenido conocimiento de que su marido era el asesino. Su hundimiento determinó que tuviese que ser internada el día dieciocho.

Raynal se detuvo, como si temiera haber ido demasiado deprisa o esperara una pregunta. Ante el silencio de todos los presentes, Stassin le hizo señas de que continuara.

—¿Cómo supo ella que Bernard era el homicida? Por un somniloquio de su esposo en la noche del dieciséis al diecisiete. Como ustedes saben, llamamos somniloquio a la acción de hablar a media voz ejecutada por una persona dormida sin que, generalmente, esa persona sepa al despertar que ha hablado en sueños. Así fue como el señor Bernard, sin darse cuenta ni recordarlo después, reveló su culpa.

Al ver que Raynal hacía una nueva pausa, Stassin se decidió a intervenir para ayudarle a agilizar la explicaciones:

—Díganos ahora, doctor, cómo entró usted en conocimiento de esa confesión onírica.

—Con mucho gusto —dijo Raynal, todavía un poco retraído—. Ella, incapaz de guardar tan grave secreto, me lo reveló a los pocos días de su internamiento. Los enfermos depresivos suelen vernos como personas en las que pueden confiar por encima de todo. Por eso, a veces nos comunican secretos que no confesarían ni a sus familiares más próximos.

—Como pueden comprender —intervino de nuevo Stassin—, al doctor se le presentó un problemático dilema. ¿Era cierto lo que Blanche Bernard decía, o se trataba de una fantasía patológica sin relación alguna con la realidad? Evidentemente, no podía preguntárselo al mismo Bernard. La única vía de comprobación, sumamente insegura, era seguir sondeando a Blanche.

—Cosa que intenté, desde luego —adujo Raynal como si se disculpara—. Pero, tras la revelación que me había hecho, se dio en ella un cambio radical. Una vez aliviada del peso del terrible secreto, su mente se alejó de todo lo que se lo recordara. Era su manera de protegerse: huir de lo que sabía, huir hacia el olvido. Me había transferido el conocimiento del hecho para liberarse. Pronto comprendí que forzarla a rememorar el somniloquio sería muy lesivo para su precaria salud mental. Como secuela inconsciente le quedó una acusada aversión hacia su esposo, un aborrecimiento que la llevó al extremo de pedirle que dejara de ir a visitarla. Sin embargo, ella ha olvidado la causa de esa aversión. No sabe que no soporta verlo porque es un asesino. Ahora vive en un remanso de paz artificial.

—Díganos qué decidió hacer a continuación, doctor.

—Así las cosas, pensé que tenía que comunicar a la policía los indicios que yo, incidentalmente, conocía. Respeto como el que más el secreto profesional. En mi especialidad tiene una gran importancia. Pero aquello era una enormidad, excedía cualquier límite. Al fin y al cabo, la reserva de un alienista no es lo mismo que el secreto de confesión que obliga a los sacerdotes. Debo decir que sentía una cierta simpatía por el señor Bernard. Su comportamiento como esposo de la paciente siempre había sido ejemplar. Me costaba creer que hubiese cometido un asesinato.

—El doctor Raynal actuó correctamente y nos traspasó la duda a nosotros, como correspondía —dijo Stassin, deseoso ya de tomar las riendas de la exposición—. Desde luego, el testimonio de Blanche Bernard no bastaba para inculpar a su marido. En primer lugar, obviamente, por ser su esposa. Por otra parte, ella es una enferma mental. Como el doctor ha expuesto, dijo lo que dijo y luego lo olvidó. ¿Qué consistencia podía tener una declaración semejante? Tampoco se vislumbraba un posible móvil. ¿Qué tenía que ver Bernard con Henri Bresse? ¿De qué modo le beneficiaba su muerte? No obstante, hubiese sido una ligereza imperdonable descartar sin más toda tentativa de esclarecer aquellos interrogantes. Se nos ofrecían dos caminos: uno, el expeditivo e inmediato, caer sobre Louis Bernard por sorpresa y enfrentarlo a lo que creíamos saber; el otro, sutil y envolvente, crear una trama para llegar al mismo fin, minando antes las defensas del sospechoso.

Stassin dirigió la mirada hacia el juez Savenay, como si esperara alguna puntualización por su parte. Al no producirse, continuó:

—Antes de decidir, estudiamos al personaje. Nos pareció un hombre de estimable inteligencia, con gran temple y dominio de sí mismo, acostumbrado a hacer frente a situaciones problemáticas y experiencias límite. Todo un bastión, en suma. Cierto que la larga serie de fracasos en sus andanzas metapsíquicas y el penoso desenlace de sus prácticas con Blanche lo habían disminuido de manera apreciable. Pero era de suponer que aún conservara buena parte de sus cualidades o que éstas rebrotaran en una situación de peligro. Parecía claro que cayéndole encima por sorpresa no lograríamos más que llevarlo a una obstinada negación de toda culpabilidad. Hay que tener en cuenta que no disponíamos de una sola prueba o indicio racional a que enfrentarlo. Sólo el dudoso mensaje de una mente enferma. Así pues, consideré que una acción precipitada sólo lograría que Bernard se pusiera en guardia, con lo cual la probabilidad de desenmascararlo, si de verdad era culpable, disminuiría casi hasta cero. Se imponía, por tanto, la otra vía: idear una estrategia de acoso que sólo se revelara como tal en el momento culminante.

—Y en este punto es de justicia resaltar los méritos del inspector jefe Stassin —dijo Herbau, graciable—. A pesar de lo atrevido de su plan, supo ponerlo en práctica de manera que sólo puedo conceptuar como admirable. También fue muy hábil al convencerme para que se lo autorizara.

—Ya que cuento con la aquiescencia del señor subprefecto para informarles del plan con todos sus detalles —manifestó Stassin con una levísima sonrisa—, les diré que convencerlo fue casi lo más difícil de todo el operativo. ¡Es un hombre insobornable, como bien sabemos!

Algunos oficiales rieron. Herbau, halagado, dejaba hacer.

—Cuando tuve la idea de atraer a Bernard tras los pasos de un falso médium, supuse que al señor Herbau le repugnaría el uso de tal figura, siquiera como señuelo. Por ello, empecé a hablarle de recurrir a videntes y similares, como si yo pretendiera emplear a alguno, supuestamente verdadero. Como era de esperar, lo rechazó de modo tajante. Creo que me gané su enemistad durante unos días...

—Poco faltó, querido Stassin, muy poco —dijo Herbau, bonancible.

—Pero cuando al fin le expuse que mi intención era introducir a un vidente fingido, de cuya existencia sólo tendrían conocimiento poquísimas personas, el señor subprefecto lo acabó viendo como un mal menor y, aunque a regañadientes, me dio su aprobación.

—Fue usted astuto hasta en eso, Stassin —reconoció Herbau—. Supo torearme a las mil maravillas. Bien, espero que no lo repita en lo sucesivo —añadió con irónica severidad.

—No, señor, lo prometo —bromeó el inspector, haciéndose el avergonzado—. No volverá a ocurrir. Bernard era un sospechoso muy peculiar. Su debilidad por los misterios sobrenaturales constituía su punto flaco. Por ahí íbamos a atacarlo. Sabíamos que, pese a sus tremendos desengaños, o quizá a causa de ellos, aún esperaba resarcirse de todas las energías malgastadas. Un médium excepcional tenía que atraer forzosamente su atención. Este solo caso podía compensar a Bernard de las amarguras pasadas y confirmar de golpe, espectacularmente, muchas de sus peregrinas teorías. Era el cebo ideal. Para darle cuerpo, contamos con la colaboración del sargento Stahl, de la policía de Reims, especialista en caracterizaciones. Sargento, por favor.

Stahl, que ocupaba un asiento al fondo, se limitó a levantarse e inclinar su demacrada cara como señal de respeto hacia los oficiales superiores allí presentes. Volvió a sentarse y permaneció taciturno hasta el fin de la sesión.

—Su interpretación ha sido excelente. Muchos de los médiums que pululan por ahí envidiarían sus recursos. Claro es que se preparó a conciencia. Estudió todos los artículos y tratados publicados por Louis Bernard. Convenía adecuar la simulación a los ensueños e hipótesis del sospechoso. Juntos ensayamos efectos de trances y argumentaciones metapsíquicas para mejor sustentar la actuación.

—Con lo cual se demuestra que, por una vez, esos escritos no fueron inútiles —dijo Herbau.

—Lograda la colaboración del sargento Stahl —prosiguió Stassin—, el quid de la cuestión estaba en involucrar al fingido médium en las investigaciones del asesinato del profesor Bresse. Así uníamos las dos obsesiones fundamentales de Louis Bernard: su ansia por encontrar a un gran vidente auténtico y su temor a verse descubierto como asesino. Imagino que se sintió enfrentado a una cruel paradoja: ese sensitivo tan esperado era quien amenazaba su impunidad. Me pregunto qué prefería él en sus horas de angustia: descubrir al fin a alguien capaz de comunicarse con los espíritus o quedar a salvo de la condena. Creo que Bernard, en algunos momentos, llegó a desear lo primero. Al final, sospechó que Alain Kaplan era una figuración, y sus asombrosas dotes, un invento. Pero el largo conflicto consigo mismo y la persistencia del acoso habían debilitado su capacidad de resistencia. Acabó dándose por vencido y se entregó. Ahora voy a leer la declaración escrita de su puño y letra, y debidamente firmada y rubricada, que entregó al señor juez después de su detención en la casa de Bresse: «En pleno uso de mis facultades mentales, me declaro culpable del asesinato de Henri Bresse. Pensé que nunca me vería en la necesidad de reconocer mi culpa. Estaba en un error, como ahora he visto. Un hombre sólo puede luchar contra la fatalidad hasta un cierto límite. El mío está aquí».

Stassin levantó el papel en alto y anunció:

—En la segunda parte de su confesión, el mismo Bernard reveló las causas que lo impulsaron a atentar contra el profesor. El último punto oscuro quedaba así desvelado. Oigan: «El anónimo autor del libelo *Los desvaríos de la razón* no era un prestigioso hombre de letras, como se había rumoreado, sino el químico Bresse. Practicante del más estrecho materialismo, quería convertirse ahora, tras su jubilación, en el gran cruzado contra los *oscurantismos*. No contento con el grave daño moral y social que nos causó con el citado artículo, estaba preparando un libro contra la metapsíquica en el que de nuevo arremetía cruelmente contra mi persona y la de la pobre Blanche. Él mismo, uniendo la audacia a la insolencia, me lo comunicó. Yo no podía quedarme cruzado de brazos. Sin embargo, no deseaba su muerte. Sé que de poco servirá esta matización tardía, pero yo sólo pretendía hacerle una severa advertencia para que dejara de husmear con injusta saña en un campo que le era ajeno. El fatal desenlace me desbordó. Lo lamento. Ya nada puede remediarlo. La frase LOS QUE NO TIENEN VOZ HAN HABLADO AQUÍ se refería a *aquellos* que Bresse quería silenciar: los seres del mundo de los espíritus. De haber salido con vida, el químico lo habría comprendido».

—El profesor Bresse cometió un grave error al revelarle a Bernard sus intenciones —comentó uno de los oficiales.

—Desde luego —dijo Stassin—. Máxime después de haber mantenido tanto tiempo en secreto que él era el autor de *Los desvaríos de la razón*. El camino que nos llevó a la confesión que acabo de leerles fue complejo. Era un crimen que nos incumbía demasiado como para no cuidar todos los detalles al máximo. Todo lo doy por bien empleado. Ahora, a la vista del resultado, la operación me parece más sencilla y simple de lo que fue en realidad. Pero teníamos claro que la estrategia de acoso debía ser envolvente. De ningún modo debía notar Bernard que íbamos por él. Empezamos con la escenificación, y nunca mejor dicho, de un asesinato imaginario, el de Germaine Fox. Para representarlo, contamos con la decidida colaboración de la actriz y de otros miembros de la compañía y del personal del teatro. Quiero decir aquí que ellos participaron en el engaño sin saber quién era el sospechoso a quien se le tendía la trampa. No nos asistía aún la certeza de que Louis Bernard fuese culpable. No teníamos, por tanto, derecho a manchar su nombre. Por otra parte, la discreción se imponía. Los actores sabían que alguien iba a ser introducido furtivamente en un palco del teatro. La simulación estaba destinada a sus ojos. Pero, insisto, desconocían la identidad de tan singular espectador. Germaine Fox está descansando en Normandía, adonde se dirigió después de la interpretación de su fingida muerte. Su amabilidad llegó al extremo de dejarnos utilizar su casa de París para representar allí otra de las escenas de la trama.

Jules Stassin, bajo su seco tono informativo, estaba disfrutando mucho con la exposición. Su victoria en el caso Bresse marcaba un momento culminante en su carrera e ilustraba a la perfección sus teorías acerca de la necesidad de nuevos métodos en las operaciones de la policía.

—Es hora ya —prosiguió— de que rinda el debido homenaje a nuestro informador Gaston Lombard. Sabemos que es un actor nato. Una vez más, ha demostrado su talento. Siento que necesidades del servicio le hayan impedido estar hoy aquí, como merecería. Él estableció el primer contacto con Bernard entrando en su círculo a través del barón Latour. Luego convenció a los dos para que acudieran en plena noche al teatro Racine. Más tarde, fue intensificando la presión con equívocos y medias tintas, haciendo creer que actuaba con ánimo de lucro. He dicho al comenzar que habíamos contado con un cierto número de comparsas involuntarios. Algunos, como el barón Latour, colaboraron en la trama sin darse cuenta de que todo era una simulación. Otros, igualmente ignorantes de la raíz del asunto, estuvieron a punto de crearnos dificultades. Me refiero a los rivales de Bernard: Edgar Nègre y Kairnes. Ellos anduvieron también por unos días tras los pasos de nuestro falso médium. Finalmente, el propio Bernard ideó una estratagema para alejarlos. Nosotros la aprovechamos para iniciar el acoso definitivo. Seguramente, Bernard creyó desorientarnos alegando una impecable coartada personal para la tarde del dieciséis de mayo. Ignoraba que habíamos avanzado en la comprensión de las circunstancias del asesinato. Él introdujo estricnina en una botella del vino especiado que tomaba Bresse, en ausencia de éste, el dieciséis por la mañana. No hubo lucha alguna entre el agresor y la víctima. El formidable estropicio del laboratorio lo causó Bresse a solas, por la tarde, tras ingerir parte del vino emponzoñado. La autopsia reveló que, al golpearse en la nuca, ya estaba prácticamente muerto por la acción del veneno. La caída de estantes y objetos la causó él mismo, tambaleándose, tratando de aferrarse para no caer de bruces, agarrando en vano los últimos objetos que iba a ver y tocar en vida. Por tanto, la coartada alegada no desmentía en modo alguno la culpabilidad de Louis Bernard. Más bien la confirmaba, puesto que él tuvo muchísimo interés en que verificáramos que había estado toda la tarde del dieciséis en la residencia del barón Latour. Pensaba ponerse así totalmente a cubierto de sospechas. Creía que aún seguía en pie la primera interpretación del crimen: pugna y forcejeo entre el asesino y Bresse a media tarde. No tuvo en cuenta las posibles revelaciones de la autopsia. Éste fue uno de sus graves errores.

Uno de los inspectores tomó la palabra:

—Tengo entendido que se le hizo creer a Bernard que el falso médium había resuelto el caso Eyraud. ¿Fue así?

—En efecto. Aprovechamos el asesinato del fotógrafo y la rápida detención de los culpables para impresionar a Bernard con respecto a las supuestas dotes de *Kaplan.* Podía ir resultando sospechoso que no saliera a la luz pública ninguna noticia de la muerte de Germaine Fox. La de Eyraud nos vino al pelo. Bernard no pudo nunca vislumbrar la verdad. El imbécil de Marcel Barbey, después de tomar tantas precauciones, incurrió en ese error que, por fortuna, algunos criminales cometen; el que a la postre resulta decisivo para su detención. Convencido de que su acción iba a quedar impune, se dio el macabro gusto de fotografiar el cadáver de Eyraud antes de volver a disfrazarse para salir a la calle. Como se había presentado en calidad de cliente, sabía que la cámara principal del estudio estaba preparada para impresionar una placa. Y eso fue lo que hizo, sin pensar que, pese a no encontrarse en el campo del objetivo, iba a aparecer en la fotografía, reflejado en uno de los muchos espejos que allí hay para ambientar los retratos. Su figura salió bastante definida: se apreciaban sus facciones, la mano izquierda deformada y su leve encorvamiento espinal. Cotejando la imagen con fichas antropométricas y fotográficas de delincuentes habituales, pudimos identificarlo. Barbey cometió uno de los errores más estúpidos de la reciente historia delictiva. Pero, a buen seguro, él creyó que estaba haciendo una *genialidad* que lo ponía a la altura de los más diabólicos maestros del crimen. Ya ha tenido ocasión de lamentarlo. Teníamos, pues, tres asesinatos: el que verdaderamente nos importaba, el falso y el que se había resuelto. Tres vértices de un triángulo en el que apresamos a Louis Bernard. Él se iba sintiendo cada vez más acorralado, pero aún confiaba en escapar. Al fin, sucumbió totalmente, aun sospechando ya que *Kaplan* no era un médium auténtico. Su moral estaba muy erosionada. Cuando oyó la palabra *envenenador* en boca de Stahl, se supo perdido. Comprendió que él era nuestro objetivo desde el primer momento y se entregó. El doctor Raynal nos dará a conocer su diagnóstico.

—Bernard ya padecía un fuerte complejo de culpa antes de dar muerte al profesor Bresse. El asesinato lo agravó, por supuesto. Pero hubiese sido capaz de convivir con esa nueva culpa si nada lo hubiera inquietado. Ahora bien, ante un ardid tan elaborado como el que puso en práctica el inspector Stassin, tenía que caer tarde o temprano. Cuando él solicitó mi opinión al principio, le dije que Bernard tenía un talón de Aquiles. Si se trabajaban a fondo sus frustraciones con la metapsíquica y sus sentimientos de culpa, terminaría por ser muy vulnerable. Así ha resultado.

—Muchas gracias, doctor, por sus consejos y su colaboración. Señores, creo haber completado la exposición de los hechos. Estoy a su disposición para comentar cualquier otro aspecto que sea de su interés.

—¿Ha sido Bernard puesto al corriente de todos los pormenores del plan que abatió su resistencia? —preguntó un representante de la fiscalía.

—Sí —repuso Stassin—. Una vez hubo firmado su confesión, se lo expliqué todo. Creo que, en cierto modo, se lo debía.

—¿Cómo reaccionó?

—Aceptando lo inevitable. Se trata, ya lo he dicho, de una persona de notable inteligencia. Eso nunca viene mal. Dentro de lo que cabe, conserva algo parecido a la serenidad.

—¿Y la señora Bernard? ¿Conoce lo ocurrido?

—En absoluto. Es más: su marido me pidió que la mantuviéramos al margen. No quiere añadirle un nuevo pesar. Al parecer, ella vive ahora en un limbo de irrealidad que le resulta confortable. ¿No es así, doctor Raynal?

—Ciertamente. Blanche no recuerda nada del asunto. Desde que *decidió* olvidarlo, se le ha borrado de la mente. Es de alabar el deseo del señor Bernard de evitarle toda emoción negativa que pueda dañar su precario equilibrio. Hay que tener en cuenta, además, que ella sufre también una enfermedad crónica que acabará con su vida en breve plazo. Le ocultaremos celosamente que su esposo ha confesado un asesinato. Por elemental caridad, esa desdichada señora no ha de sufrir ninguna de las consecuencias de un hecho tan dramático. Procuraremos que viva en paz la última etapa de su existencia. Tiene derecho a ello.

—Efectivamente, doctor, nadie lo pone en duda —dijo Stassin—. Bien, señores, ¿alguna pregunta más?

No hubo nuevas intervenciones.

—Entonces, con el permiso del señor subprefecto, daremos por cerrada la sesión, no sin antes agradecerle muy sinceramente al juez Savenay su contribución a las diligencias. Y a todos ustedes, señores, compañeros, gracias también por su presencia y su atención.

## 16 *Tres primeras visitas*

UNA vez Louis Bernard fue autorizado a recibir visitas, tres fueron las personas que hablaron con él en el locutorio destinado a los detenidos en espera de juicio.

El doctor Raynal fue el primero de los comparecientes. Su presencia había sido requerida por Bernard.

Entró en el locutorio con el ánimo encogido. Se había decidido a personarse allí tras muchas vacilaciones. Temía que el encuentro degenerara en un penoso incidente si el acusado la tomaba con él como inductor de su apresamiento.

Sus temores no se confirmaron. Bernard estuvo seco y distante, pero no mostró ninguna crispación tras el enrejado que los separaba. Con apuro, Raynal empezó diciendo:

—Quiero que sepa, señor Bernard, que en lo que hice no me movió ninguna animosidad contra usted. Yo nunca habría pensado... —se cortó, y luego dijo—: ¿Qué otra cosa podía hacer en mi situación? Tuve que poner en conocimiento de la policía lo que su esposa me había dicho; estaba obligado a ello. Pero nunca pensé que fuera cierto, se lo aseguro. Para mí fue muy desagradable verme sometido a una responsabilidad tan espinosa.

Bernard replicó con dureza:

—No tiene por qué lamentarse. Yo no le pido cuentas. Usted cumplió con su papel y se acabó. Ya no tiene arreglo.

—Me alegra que piense así —dijo Raynal, y enseguida, dándose cuenta de lo inoportuno de su expresión, precisó—: Celebro no ser ante sus ojos el agente de la desgracia.

Bernard hizo un gesto de impaciencia indicando que daba por zanjada aquella parte de la conversación. Después preguntó:

—¿Ha reclamado Blanche mi presencia en estos últimos días?

—No. Mantiene su alejamiento de la realidad.

—Doy por supuesto que ella sigue sin sospechar nada de lo ocurrido.

—Ni lo sabe ni lo sabrá, descuide. No tendrá acceso a ningún periódico. Me encargaré de ello personalmente.

—Habrá que evitar también todo comentario por parte del personal o de los otros enfermos.

—Pierda cuidado. Se han tomado todas las medidas.

—¿Qué hará usted si Blanche, de pronto, pide que yo la visite de nuevo?

—En su actual estado, es muy poco probable que eso ocurra. Pero lo tenemos previsto: se le dirá que usted está de viaje, en el extranjero, por tiempo indefinido.

Bernard aprobó en silencio aquella previsión. Después dijo:

—Quiero que ella siga atendida como hasta ahora, o mejor aún si cabe. Mi administrador continuará cubriendo el pago de las mensualidades. La situación en que me encuentro no afectará a la provisión de fondos, respondo de ello.

—No se preocupe, señor Bernard. Su esposa tendrá la mejor asistencia en todo momento, como corresponde.

—Gracias —dijo Bernard fríamente, dando la conversación por acabada.

Cuando Raynal salía del locutorio, comprobó con disgusto que su tensión emocional apenas se había aliviado. Casi envidió la presencia de ánimo del hombre que había contribuido a descubrir como asesino.

MÁS TARDE, Y NO SIN DIFICULTADES, un segundo visitante logró ser conducido a presencia de Louis Bernard.

Con actitud resuelta y directa, se presentó sin prolegómenos:

—Soy Maurice Gaboriau, abogado criminalista. Espero que usted haya oído hablar de mis actuaciones ante los tribunales.

—Sí, algo recuerdo —repuso vagamente Bernard.

—Voy a hablarle con la mayor claridad. Conozco todos los aspectos de la estrategia que le llevó a firmar la aceptación de culpabilidad. Tengo mis propias fuentes de información. Para empezar, le diré que hay muchos reparos que oponer, muchos, a lo que hicieron con usted. En otros tiempos, las confesiones, verdaderas o falsas, se obtenían mediante la tortura. Aún hoy se siguen empleando los malos tratos físicos cuando se tienen indicios de culpabilidad de un sujeto, o cuando se cree tenerlos. Pues bien, lo que han hecho con usted es peor que un apaleamiento y, en ciertos aspectos, más cruel. Han manipulado sus creencias de manera perversa para confundirlo y empujarlo a un estado obsesivo, propicio para una confesión no lo bastante fundada. Voy a darle mi opinión profesional: es posible lograr su absolución por falta de pruebas sólidas.

El rostro de Bernard manifestaba extrañeza:

—¿No tiene solidez una declaración firmada?

Gaboriau rebatió la duda inmediatamente:

—El modo en que le fue arrancada la invalida como pieza de convicción. Se han ganado casos más difíciles, se lo aseguro. Con ese único elemento probatorio no se puede condenar a nadie. Por lo menos, no a alguien bien defendido ante la audiencia. Un buen abogado nunca se dejaría colar semejante inconsistencia. Si más adelante surgiera alguna otra prueba, ya se vería cómo tumbarla. Me atengo a lo que hay ahora: una declaración y nada más. Por supuesto, lo que su mujer le dijo al alienista carece por completo de valor testifical. Y, por lo que respecta a su confesión, señor Bernard, bastaría con que usted guardara silencio de ahora en adelante y la desmintiera ante el tribunal. Ya encontraríamos argumentos para fundamentar su retractación. Eso no sería problema.

Bernard estaba ensimismado. No mostraba ninguna reacción. Se limitó a decir:

—No me ha preguntado usted aún si soy culpable.

—Ni se lo preguntaré. No es de mi incumbencia. En absoluto. No quiero saberlo. No soy juez, fiscal o inspector de policía. Soy abogado. Usted es un hombre culto y sabe bien lo que eso significa.

Mirando fijamente al visitante, Bernard reconoció:

—Me temo que no sabría secundar la combatividad de un abogado como usted. Carezco del ánimo necesario.

—¡Por favor, señor Bernard! Con todo mi respeto, ¿en qué cabeza cabe que usted se dé por vencido? De ninguna manera. Su confesión es objetable. Prácticamente, insisto, le garantiza la exculpación si usted se pone en buenas manos. Será una batalla legal ardua, muy dura incluso. Pero sobran argumentos técnicos para ganarla. Los criminalistas estamos acostumbrados a luchas de esta clase. Son nuestro elemento.

—Pero si yo le confirmara que efectivamente soy culpable del asesinato del químico Bresse y que, por tanto, es cierto lo que firmé ¿cuál sería su postura?

—La de negarme en redondo a escucharle. Mi trabajo, entiéndalo bien, no consiste en determinar quién ha cometido actos criminales ni en tomar postura acerca de ello. Nada de eso. Mi cometido es impedir a toda costa que un ciudadano (sea o no culpable, le repito por última vez que eso no me concierne a mí) sea condenado en virtud de pruebas o indicios insuficientes. Ése es el papel que me corresponde en el juego procesal, y lo cumplo siempre hasta sus últimas consecuencias. No me faltan detractores, desde luego. Es inevitable. Hay quien dice que no tengo escrúpulos a la hora de plantear argumentos en defensa de mis clientes. No me importa: me vanaglorio de ello. Pero le diré algo muy concreto, Bernard: en su caso, si me lo confiara, ya que no le oculto mi interés en ello, no me sería necesario emplear estrategia especial alguna. Bastaría poner en evidencia la debilidad del único elemento acusatorio: esa confesión irregularmente obtenida. Luego, ofreceríamos una versión alternativa de los hechos y el caso quedaría visto para sentencia. Excuso decir que favorable.

—Casi me parece imposible desdecirme de lo que he firmado y rubricado. Pensaba que la declaración era irrevocable.

—No lo será si usted la desmiente en el momento idóneo, cuando yo le diga que lo haga. El resto correrá de mi cuenta. Me emplearé a fondo y saldrá usted libre. ¡Un somniloquio! Permítame que me ría. ¡Como si no supiéramos que los sueños están llenos de incongruencias y fantasías! Usted puede matar en sueños a quien quiera. Nadie podrá condenarle por ello. ¿Acaso el hecho de que un sueño sea balbuceado a media voz varía su sustancia? No y mil veces no. Eso no era motivo para sumirlo a usted en el engaño de que ha sido víctima. ¡Un supuesto médium que obraba falsos prodigios! Se le debe a usted una reparación, un desagravio en toda regla. No se puede atacar a nadie porque tenga creencias anómalas. Allá cada cual con su conciencia y sus convicciones. Haremos caer ese juego sucio sobre quienes lo han organizado. Y a esa actriz metida a farsante mortuoria también le tocará su parte de vergüenza. Muchos han querido medrar o lucirse a costa suya, Bernard. Hagamos que recaigan sobre ellos el descrédito y la condena moral.

Bernard escuchaba con atención. En aquel momento dijo:

—No imaginaba que nadie fuese a emplear tanto ardor en mi defensa.

—Mire, señor Bernard. No le ocultaré que mi deseo de representarlo no se debe a que yo sienta una especial simpatía o interés por su persona. Nunca entro en consideraciones de esa índole. En mi trabajo son perjudiciales. Con toda sinceridad y crudeza, el caso me atrae porque le vendrá como anillo al dedo a mi ejecutoria profesional. Arriesgaré mi prestigio, es verdad. Pero si salgo victorioso, cosa que no dudo ocurrirá, mi reputación quedará acrecentada. Su caso es idóneo para un abogado de mis características. Un estupendo desafío lleno de posibilidades. Eso le garantiza, más que cualquier otra motivación, que pondré todo mi empeño y experiencia al servicio de su causa. Si acepta confiármela, claro. Es usted quien debe decidir si quiere o no volver a ser un hombre libre.

Bernard suspiró, dubitativo.

—Supongo que no es necesario que decida ahora. Pasará algún tiempo antes de que se inicien los preparativos del proceso.

—Si dejamos que los trámites vayan a su aire, sí. Pero eso es precisamente lo que no nos conviene. Hay que golpear en caliente, sin darles tiempo a encontrar o fabricar otras pruebas.

—Olvida usted las repercusiones negativas que mi historia tendrá en la opinión pública. ¿No sería mejor esperar a que todo amaine?

Casi asombrado, Gaboriau dijo:

—¿Cree usted que no he pensado en ello? La opinión pública es el fantasma invisible que influye en jueces y jurados. En casos de resonancia nunca ha de ser olvidada. Todo lo contrario: hay que conducirla y manejarla del modo más favorable. Mire, las emociones populares cambian según sopla el viento de las informaciones que circulan. La gente, al principio, lo *condenará* a usted, eso es seguro. Pero cuando empiecen a conocer los argumentos que esgrimiré ante el tribunal, y ya me encargaré yo de que algunos sean divulgados de antemano, lo verán a usted como víctima de una conjura policial y lo *absolverán* antes de que lo haga el jurado, que, en parte, es una prolongación del sentir público.

Bernard sonrió con amargura.

—Oyéndole a usted, acabaré por pensar que mi situación no es tan desesperada.

—¡Y no lo es! Usted se encuentra aún bajo los efectos de la manipulación a que lo sometieron. No me sorprende. Pero, a medida que vaya considerando todo lo que le he dicho, verá las cosas de muy distinta manera. Estoy convencido. No quiero cansarlo más ahora. Volveré en un par de días y entonces, sin dudar, me confiará su defensa.

—Sí, le agradeceré que me deje reflexionar un poco. Es verdad: estoy aún muy aturdido.

—Lo comprendo. Necesita tiempo para poner las cosas en su sitio. Pero recuerde: no declarará nada más ni confirmará de manera verbal uno solo de los extremos de su confesión escrita. Ni una sola palabra al respecto. Acójase al silencio, Bernard. Está en su derecho.

—Le agradezco la visita, abogado Gaboriau.

—Más me agradecerá la absolución, se lo aseguro.

LOS FUNCIONARIOS QUE VIGILABAN a distancia aquellas primeras visitas advirtieron que sólo en la tercera reaccionó Bernard de manera emotiva, abandonando la retraída frialdad que caracterizaba su comportamiento hasta aquel instante.

Cuando Gabrielle Lahrier entró en el locutorio, él dijo a media voz:

—Te esperaba.

—No he podido venir antes, Louis. No quería que Edgar lo supiera.

—Tengo que pedirte algo.

—Lo que sea —dijo ella conteniendo su tristeza, aunque las lágrimas le corrían por debajo de la piel.

—Sólo puedo confiar en ti. No tengo a nadie más.

—Yo te bastaré para todo lo que haga falta.

—¿No te causa aprensión verme como causante de un homicidio? —preguntó Bernard mirándola fijamente.

—No hables así, te lo ruego. Hagas lo que hagas, yo sólo podré verte con los ojos del corazón.

—Gabrielle, en nombre de lo que nos unió, te pido que...

—Pídemelo en nombre de lo que nos une y nos unirá siempre, ocurra lo que ocurra, Louis.

—Sí. Por nosotros, te pido algo que sólo tú puedes hacer.

—Dalo por hecho.

—Tendrá que ser como te diré, al pie de la letra.

—Lo cumpliré como el más solemne juramento.

—Antes de que todo llegara al fin, redacté unas impresiones sobre la situación que me envolvía, así como algunos comentarios acerca de mi vida. Están en un sobre cerrado. Quiero que lo tengas tú. Sólo lo abrirás si me ocurre algo irreparable. Entretanto, te limitarás a guardarlo en lugar seguro. Fuera del alcance de Edgar, por supuesto. Él ni siquiera debe saber que lo tienes. El sobre está camuflado entre las carpetas de los trabajos que hicimos juntos. No las he cambiado de lugar en todos estos años. ¿Recuerdas dónde están?

—Sí, Louis.

—Sophie vendrá aquí en cualquier momento. Le diré que te permita coger ciertos documentos, sin especificar de qué se trata. No te pondrá impedimentos. Eso es lo único que puedes hacer por mí, Gabrielle. Toda persona tiene derecho a asegurarse de que sus últimos pensamientos sean conocidos tras su muerte.

—No quiero oírte hablar así. Tendrás un buen abogado. Apelaremos tantas veces como haga falta. Tu historia no termina aquí, Louis. Yo me encargaré de todo.

—Ropa limpia es lo único que necesito de momento. Sophie me la traerá. No te inquietes, Gabrielle. Ya estoy en contacto con el abogado Gaboriau.

—Tiene muy mala reputación, Louis. ¿Crees que es el hombre adecuado?

Bernard sonrió amargamente:

—Si de reputación hablamos, peor es la mía como causante de una muerte. Gaboriau tiene ideas propias. Sabe forzar los límites de las situaciones. Puede que sea el abogado que me conviene. No lo sé aún. Necesito pensar. Tiempo es lo único que ahora me sobra.

—¿Quieres que hable con él? —sugirió Gabrielle, deseando aferrarse a cualquier posibilidad de acción.

—Aún no. Déjame llevar las cosas a mi manera. Y, por favor, no te aflijas. Mi situación no es tan desesperada como parece. Ten calma.

A pesar de su gran entereza, Gabrielle no pudo contener por más tiempo las lágrimas.

## 17 *El plan de ataque del abogado Gaboriau*

EL juez Savenay acogió con disgusto la inesperada visita de Maurice Gaboriau. Podía eludirla negándose a recibirlo. No había notificación oficial de que Bernard hubiese nombrado defensor. El abogado no tenía aún capacidad legal para inmiscuirse en la instrucción del caso Bresse.

Pero, muy posiblemente, en pocos días iba a tenerla. Savenay conocía sobradamente sus costumbres: cuando un caso le interesaba, tomaba todas las iniciativas y pugnaba denodadamente hasta que lo hacía suyo.

Gaboriau era el príncipe de los abogados criminalistas del París de fin de siglo. Había obtenido su reputación con resonantes victorias judiciales en casos considerados de antemano como de imposible defensa. No había vacilado en recurrir a truculencias y tergiversaciones de todo tipo, pasando por encima de la ética profesional. Su especialidad consistía en lograr absoluciones o penas mínimas para homicidas que no tenían en contra pruebas concluyentes.

Los jueces y fiscales lo aborrecían. Pero también temían su capacidad de maniobra, su habilidad para aprovechar las ambigüedades de las leyes, su fácil y persuasiva elocuencia y, sobre todo, su afición a los golpes de efecto que cambiaban el curso de los procesos.

Por todo ello, Savenay se tragó su aversión hacia tan denostado personaje y consideró preferible conocer sus intenciones. Sabía que su dignidad iba a sufrir, pero se resignó a oírlo.

La entrada de Gaboriau fue incisiva:

—Estimado juez Savenay, usted sabe muy bien que no soy partidario de rutinas y costumbres apergaminadas. Las detesto y las combato. Pero, con la venia —formuló, entre irónico y enfurecido—, permítame decirle que en lo de Bernard se ha llegado demasiado lejos en lo tocante a originalidades. Lo han sometido a un cerco tan despiadado como inicuo.

Savenay resolvió atajar desde un principio la acometividad del abogado:

—Vamos, Gaboriau, vamos. Su afición a los adjetivos altisonantes es sobradamente conocida. No es necesario que los derroche ahora. No estamos en la sala de audiencias. Aquí no hay periodistas que puedan tomar nota de sus exageraciones, ni espectadores ignorantes dispuestos a aplaudirlas. Economice sus fuegos artificiales, señor abogado.

Gaboriau no se arredró lo más mínimo:

—Los adjetivos que he utilizado nacen directamente de lo que estoy comentando. Un cordón umbilical une hechos y palabras.

—El único cordón que veo es el que une el énfasis retórico con la palabrería efectista. ¡Modérese, Gaboriau!

Lejos de atender el requerimiento, el abogado insistió:

—¿Qué estilo oratorio hay que emplear para referirse a una conspiración legal que conduce a una fantasía de culpabilidad creada artificialmente?

—¡Dios poderoso! Oyéndole a usted, se diría que drogamos a Bernard hasta hacerle confesar en estado de demencia. Doy fe de que cuando reconoció su grave culpa estaba perfectamente sereno y era dueño de sus actos. Y más aún lo era cuando la declaró por escrito.

Gaboriau le dio enseguida un giro al argumento:

—¿Acaso una serenidad tan extraña y anormal en semejantes circunstancias no indica una conducta patológica, consecuencia directa del *tratamiento* recibido? Con todo respeto, quiero advertirle que su misma intervención en algunos de los episodios de la trama es harto discutible. ¡Prestarse a tomar parte en una farsa como la que Stassin montó en el teatro Racine es algo impropio de un juez ecuánime! ¡No oponerse a las idas y venidas del fingido médium, e incluso hacerse partícipe de ellas, delata una actitud parcial! Usted ya había condenado a Bernard antes de que él hiciera su absurda confesión. Toda la instrucción está viciada desde un principio. Los desvaríos de una mujer enferma los llevaron a ustedes a acosar a un inocente.

Esforzándose por no salirse de sus casillas, Savenay opuso:

—Un inocente no habría tenido por qué sentirse acosado. La investigación criminal y los procesos de instrucción tienen que flexibilizarse y abrirse a nuevos métodos, siempre en consonancia con las características de cada caso. El señor Bernard dispuso hasta el último momento de todas las oportunidades para demostrar que era ajeno al asesinato del profesor Bresse. No pudo aprovecharlas porque es culpable.

—Hablaré más claramente aún: por el modo en que usted tomó parte en esas diligencias, puedo solicitar la nulidad de toda la instrucción. Lo repito y lo repetiré cuantas veces haga falta y ante las instancias que sea menester: usted actuó como un convencido de la culpabilidad de Louis Bernard. Tal proceder lo descalifica y lo hace recusable como instructor.

—En modo alguno. Con la simulación creada se respetó de manera explícita la presunción de inocencia del señor Bernard. De no ser así, ¿cree usted que la policía se habría tomado tantas molestias para obtener la evidencia final?

Gaboriau rió.

—Juez Savenay, mis felicitaciones. Acaba usted de demostrarme que tiene un gran talento como abogado. ¡Qué habilidad la suya para presentar los hechos de forma que parezcan justamente lo contrario de lo que son! Si se dedicara usted a la abogacía, sería un competidor temible.

Aunque interiormente bullía de indignación, Savenay adoptó un tono irónico:

—Será que nuestros papeles están cambiados, Gaboriau. Una y otra vez hace usted hincapié en algo que no va a darle ningún resultado. Tomé parte en algunas diligencias, es cierto, pero a título estrictamente personal y privado, como ciudadano colaborador de la policía; nunca como juez instructor. Esas intervenciones mías no figuran ni figurarán en la instrucción sumarial ni prejuzgan ningún veredicto. Mi única intervención oficial fue recibir el manuscrito en el que el señor Bernard se manifiesta, clara y rotundamente, como culpable. A ello me atendré, y a lo que la instrucción pueda deparar en lo sucesivo, sin posiciones preconcebidas ni opiniones viciadas por hechos anteriores.

El abogado replicó:

—Es demasiado tarde para establecer esa línea de separación. Todo estuvo unido, de principio a fin. La declaración escrita está vinculada a lo anterior porque es su directa consecuencia. Además, en sus apariciones en la pantomima, su personaje era el juez Savenay, no el ciudadano de igual nombre. Usted lo mezcló todo y mezclado está a todos los efectos.

Por primera vez, Savenay se encontró sin argumentos para dar una pronta respuesta. Gaboriau lo aprovechó en el acto:

—Parece que usted haya querido evocar los tiempos en que los jueces de instrucción lo eran todo a la vez: policías, detectives, fiscales y magistrados. Nada tengo que oponer si eso le divierte, pero no espere que Bernard resulte condenado por ello.

Savenay se puso en pie bruscamente.

—No le toleraré ningún otro sarcasmo. Será mejor que salga de aquí ahora mismo.

—Sí, lo haré. Pero no sin antes prevenirle: o se le da a Bernard la oportunidad de hacer una nueva declaración que anule la anterior, o yo conseguiré que sea invalidada de una manera mucho menos honrosa para ustedes. En sus manos está optar por una u otra fórmula. Pero, sinceramente, le recomiendo la primera.

GABRIELLE LAHRIER SE DIRIGIÓ al domicilio de Bernard con la sensación de ir a rescatar el testamento intelectual del hombre al que amaba. Era uno más de los tristes trances de aquellos días desdichados.

Encontró a Sophie muy cambiada. La detención de su señor la había ablandado hasta casi sumirla en la indefensión. Al contrario al que en otras ocasiones, acogió a Gabrielle sin la menor reticencia hostil. Incluso le confió sus angustias y no se privó de sollozar en su presencia.

Gabrielle dejó a un lado su propia desazón y trató de darle algún consuelo a la criada, que no cesaba de repetir:

—El señor no puede ser un asesino. Tiene sus rarezas, como todo el mundo, pero es incapaz de hacerle daño a nadie.

A lo que Gabrielle, con diversas variantes, respondía:

—No se aflija, Sophie. Ha sido un error de la policía. Pronto se demostrará que es inocente y será puesto en libertad sin cargo alguno.

Las dos mujeres encontraron el sobre sin dificultad. La criada no opuso ninguna resistencia a que Gabrielle se lo llevara. Cumplía las instrucciones de Bernard.

—La desgracia ha caído sobre esta casa —se lamentaba Sophie entre lágrimas—. La pobre señora Blanche a punto de morir, y ahora...

Gabrielle no esperó a que la anciana concluyera.

—¿La señora está a punto de morir, Sophie?

Bajo los efectos de la desolación, la criada dijo lo que en otras circunstancias jamás le habría revelado a Gabrielle:

—La pobrecita no sólo padece de los nervios. Tiene una enfermedad del cuerpo. No me haga decir el nombre, señora; no me acuerdo. Ella no lo sabe. Pero no lo queda mucho. Todo es dolor en esta casa.

Gabrielle se quedó sin habla. Acababa de oír algo totalmente inesperado. No era capaz de intuir de qué modo podía afectar a la difícil situación en que estaba Bernard, pero pensó que de alguna manera influiría.

Antes de marcharse, le repitió a Sophie sus palabras de aliento y se despidió diciéndole:

—Le juro que yo lucharé por conseguir que el señor Louis se vea libre.

—Dios la oiga y la bendiga.

JEAN PINEL ERA EL MÁS CAPAZ de los ayudantes de Gaboriau. Con él solía pulir los aspectos estratégicos de sus defensas. Tenía muy buen olfato para detectar cualquier fallo en una línea de argumentación previamente planeada.

—Ya le he dado un buen toque a Savenay —dijo Gaboriau entrando en el despacho de su hombre de confianza—. Espero que surtirá efecto. Lo he puesto de vuelta y media.

—Puedo imaginarlo.

—Si sabe lo que le conviene, no se opondrá cuando yo solicite la nulidad de la confesión de Louis Bernard.

—¿Ya le ha confiado formalmente su defensa?

—Aún no. Pero me la confiará. ¿Quién en su lugar no lo haría?

—Yo sí, desde luego —bromeó Pinel.

—Pero era menester empezar a moverse. Terreno avanzado, terreno conquistado.

—¿Cree usted que Bernard es culpable?

—Sí, no me cabe duda. Cuando le he dicho que puede tener escapatoria, no se lo creía. Aún no se ha hecho a la idea de que lo sacaremos de allí. Para él ha sido la sorpresa de su vida. Y nos será más fácil de lo que cree. La prueba que lo acusa tiene una base de barro. La socavaremos y se vendrá abajo. Si Stassin no es capaz de aportar evidencias más sólidas, y supongo que no lo será si ha tenido necesidad de montar el tinglado del vidente, la jugada le costará cara. Hace tiempo que le tenía ganas a ese fatuo. Ahora es la mía. Seguro que se las promete muy felices. Con su actuación en el caso Bresse, debe de verse ya más cerca de su objetivo: la cúpula de la prefectura. Pero mucho me temo, es un decir, que su carrera saldrá más bien malparada de todo esto.

—¿Tiene ya urdida la estrategia procesal?

—En sus líneas básicas, sí. Una vez anulada la primera confesión de Bernard, le cargaremos el mochuelo a su mujer. Una argumentación perfecta. Atienda, Pinel: Bernard, persona humanitaria, corazón compasivo, asume temporalmente la culpabilidad de su mujer para liberarla de las penalidades que ensombrecerían aún más su últimos días.

—Me he perdido. ¿Sus últimos días?

—Blanche Bernard los tiene contados. Lo sé por la criada. He ido a hablar con ella antes de venir aquí. Aunque, lo reconozco, no esperaba sacarle algo tan valioso. Nos viene de perlas.

—Sí, ni *hecho* aposta.

—Sigo. Movida por el rencor contra Henri Bresse, a quien veía como causante de la pública humillación provocada por el artículo

*Los desvaríos de la razón,* Blanche Bernard introdujo la estricnina en el vino. Su ejemplar marido, conocedor del hecho, se somete a la cárcel y a la infamia de pasar por asesino hasta que ella muera, para evitarle cualquier tribulación. Se sacrifica para que ella viva en paz sus últimos días. Esto conmoverá irresistiblemente al jurado. Vamos a ver, Pinel: ¿puntos flacos?

—En esta historia, Bernard aparece como encubridor.

—Por altas razones humanitarias. En el peor de los casos, la pena sería muy leve. Al fin y al cabo, como enferma mental, ella no podría ser declarada responsable. Bernard la puso de inmediato bajo custodia médica. Se aseguró de que no se repitiera el hecho. Actuó con rapidez, rectamente. Pero sabedor de que nada podría evitar que, a pesar de todo, Blanche fuese sometida a toda una serie de interrogatorios y pruebas para una determinación forense de su estado psíquico, decide librarla de esos postreros sufrimientos y se entrega en su lugar. Se trata de un caso de encubrimiento tan venial que no será tenido en cuenta. Primará la parte caritativa y emocional. ¿Algún otro reparo?

Pinel estuvo unos momentos dándole vueltas a la versión alternativa ideada por su jefe. Al fin, dijo:

—Una sola: ¿cómo se demostrará que ella puso el veneno en el vino de Bresse?

—No podrá demostrarse porque no lo hizo. Fue Louis Bernard. Pero nada lo demuestra tampoco. Sólo su declaración lo dice. Cuando haya sido reemplazada por otra, asunto concluido.

—¿Aceptará Bernard esta salida?

Gaboriau sonrió y elaboró una nueva filigrana:

—Si no lo hace, será señal de que ha perdido el juicio. Entonces atacaremos el caso por ese lado hasta que sea declarado irresponsable. Se mire por donde se mire, la partida está ganada.

—Creo que el planteamiento es perfecto.

—Con un poco de suerte, la señora Bernard no llegará a saber nada. Es más que probable que ya no esté viva cuando se celebre el proceso. Nadie resultará perjudicado.

—¿Será capaz Bernard de secundar el plan?

—Tendrá que serlo. De todos modos, hasta que no me encargue formalmente su representación, no le hablaré de la estrategia a seguir. No quiero regalarle la idea a ningún competidor. Si lleva el caso otro abogado, allá se las compongan ambos.

POCO DESPUÉS DE MEDIANOCHE, El Mago salía del local de La Hermandad. Una figura se destacó de entre las sombras y se le acercó diciéndole:

—Buenas noches.

Kairnes, en un movimiento instintivo de defensa, dio un paso atrás, levemente sobresaltado. Pero enseguida, al reconocer a quien lo había saludado, dijo con sorna:

—¡Vaya, Edgar! Últimamente coincidimos muy a menudo, como en los viejos tiempos.

—No se trata de ninguna coincidencia. Te estaba esperando.

El Mago hizo una mueca sardónica.

—¿Tanto te repugna entrar en nuestro local que prefieres esperar a la intemperie?

—Dejémonos de chanzas —pidió Nègre, impaciente—. ¿Te has enterado de lo de Bernad?

—¡Hombre, claro! Leo los periódicos.

—Tenemos que hacer algo.

—¿Nosotros? ¿Por qué?

—Diferencias aparte, es uno de los nuestros.

Kairnes rió con desfachatez.

—Gabrielle te ha obligado a ponerte a su favor, ya lo veo.

—Ella nada tiene que ver —dijo Nègre, crispado—. El escándalo de Louis nos está salpicando a todos.

—Yo ya estoy muy salpicado. Unas cuantas manchitas más ni se notarán.

—No es lo mismo. Es un caso de homicidio. Mucha gente asociará ocultismo y asesinatos. Puede hacernos mucho daño.

—La suya fue una acción individual, no de todo el gremio. Si yo tuviera que eliminar a los que me han denigrado, las víctimas se contarían por centenares, y tú y Louis Bernard, por cierto, estaríais entre ellas. Si fue tan loco como para acabar con el viejo Bresse, que vea cómo salir del embrollo. Lo siento, pero, desde luego, no lloraré por él.

—Para salir de esto necesitará un buen abogado, el mejor. Alguien tiene que hacer gestiones, moverse. Ahora Louis está atado de pies y manos. Nosotros podríamos desempeñar un papel importante.

—Desempéñalo tú, si tan obligado te sientes a ello. Yo me lavo las manos. Bastante tengo con cuidar de mis propios asuntos. Buenas noches.

El Mago echó a andar desconsideradamente calle abajo.

Edgar Nègre aún permaneció unos momentos inmóvil, sin reaccionar, viéndolo alejarse.

# 18 *Mensaje de despedida*

GABRIELLE Lahrier estuvo largas horas dudando con el sobre entre las manos. Nada más lejos de su ánimo que incurrir en deslealtad con respecto a Louis Bernard. Pero lo conocía demasiado para ignorar que, bajo su aparente calma, estaba dominado por sentimientos de culpabilidad. Su peor juez, muchas veces, era él mismo. Por mucho que se esforzara, incluso atribuyéndole a Bernard una enajenación pasajera, no podía resignarse a verlo como el envenenador de Henri Bresse. O, en todo caso, echaba en falta eximentes, atenuantes o, por lo menos, aclaraciones que permitieran interpretar los hechos de otro modo, lejos de la crudeza con que estaban planteados.

¿Era posible que Bernard, llevado por una excesiva conciencia de culpa, estuviese callando datos o circunstancias que podían favorecerle? Gabrielle empezaba a sospechar que aquel sobre contenía la respuesta. La prohibición de abrirlo pesaba sobre ella. Bernard había sido muy taxativo: «Sólo lo abrirás si me ocurre algo irreparable». Había manifestado esa exigencia de modo firme y estricto, como si no cumplirla fuese una traición que nunca podría esperar de Gabrielle. Ella daba vueltas, sin cesar, a la expresión «algo irreparable». La muerte lo era, sin duda. Pero ¿qué otra circunstancia podía merecer tan extrema calificación? ¿Verse incriminado como homicida? En rigor, no. Quedaban esperanzas, no era aún una situación irreparable. Pero si lo que podía cambiarla estaba dentro del sobre, ¿lo sería al final, si no se abría?

Gabrielle se encontraba en medio de un círculo de razonamientos que se cerraban sobre sí mismos. No se sentía capaz de esperar hasta que Bernard, en una nueva visita, le aclarara mejor los límites de su prohibición. Incluso temía que él, ante su insistencia, hiciera aún más hermética la cuestión pidiéndole expresamente que no abriera el sobre hasta el día de su muerte o hasta pasado mucho tiempo. Si se obstinaba en una decisión negativa, no lograría sacarle de ella en el breve plazo de una visita. Ni en cien lo conseguiría. Bernard, en ese aspecto, podía ser una persona muy difícil. Finalmente, tras muchos vaivenes, Gabrielle se decidió. El uso de la lógica sólo la llevaba a callejones sin salida. Por tanto, acabó guiándose por el instinto y la intuición. Abrió el sobre convencida de que algo iba a afirmarla en sus esperanzas. Se dijo también, antes de leer la primera palabra, que si resultaba de su acto el conocimiento de algo desfavorable para Bernard, el secreto quedaría encerrado en ella, oculto en las oscuridades de su ser. Si, por el contrario, lo que descubría podía salvarlo o aliviar su situación, ella le daría cauce a costa de lo que fuera: sería su mensajera, su portavoz, su liberadora.

Tras cerciorarse una vez más de que Edgar no estaba en casa, se fue a la estancia más recóndita y apartada, sacó el sobre lacrado y las hojas escritas que lo acompañaban y se entregó a su lectura.

> Si estás leyendo esto sin encontrarme yo a tu lado, mi querida Gabrielle, significa que algo irreparable me ha ocurrido. Ésta es, pues, mi despedida. Ahora, cuando ya ninguna inquietud terrenal puede afectarme, quiero que guardes siempre memoria de lo que vas a saber.
>
> Escribo estas líneas unas horas después de la fallida sesión en la que has conocido al supuesto médium Kaplan. Lo único conmovedor allí ha sido tu presencia y las miradas que me dedicabas.
>
> Por lo demás, la demostración no podía convencer a ningún experto, ni siquiera a un iniciado medianamente perspicaz. Cierto es que se le había pedido al tal Kaplan que tratara de convenceros de que era un simulador, para acabar con el interés de Edgar y Sacha por el caso. Pero el modo en que ha actuado, su manera de fingir, me ha convencido también a mí de que es *realmente* un impostor. Si alguna vez ha tenido facultades, cosa que dudo mucho, las ha perdido totalmente. Lo más seguro es que nunca las haya tenido. Es, por tanto, un farsante. Y, muy probable-

mente, entrenado por la misma policía. Tengo razones para pensarlo.

Los éxitos que el inspector Stassin le atribuye han sido obtenidos, estoy seguro, de otra manera. Kaplan es incapaz de ver más allá de lo que pueda hacerlo una persona corriente.

Ahora, tras días de duda y de zozobra, ya he comprendido que soy el destinatario de una elaborada maniobra encaminada a conseguir que me delate. Sé que me están tendiendo una trampa, y sé también que no dejaré pasar mucho tiempo antes de caer en ella por mi propia voluntad.

Pensé que podría sobrellevar hasta el fin el lastre de la culpa sin descubrirme. Como en otras cuestiones, sobrevaloraba mis posibilidades.

Declaro ante ti y ante el invisible tribunal de lo más alto que soy culpable de la muerte del químico Bresse, nuestro detractor encarnizado.

Pronto reconoceré mi culpabilidad ante las autoridades judiciales. Lo habré hecho ya cuando leas esto. Pero te aseguro que un día verás atenuada la amargura de saber que el hombre que más te amó murió siendo un asesino. Nada en la vida corporal es definitivo.

Una última y solemne petición tengo que hacerte: no abras el sobre lacrado que acompaña a estas notas si Blanche vive aún. La espera que te impongo no será muy prolongada. Aunque casi nadie lo sabe, ella sufre una dolencia física que segará su vida, dulcemente espero, sin tardanza.

Apelo a lo más noble y leal de tu persona en esta exigencia final de que te hago objeto. NO ABRAS EL SOBRE, POR NINGUNA CAUSA, MIENTRAS ELLA ESTE AÚN VIVA. Confío en ti ciegamente. Sé que respetarás mi último mandato.

Después, ábrelo cuando quieras. Conocerás algunos detalles de la muerte de Bresse que han de permanecer ignorados hasta entonces. Acaso te permitan conservar el recuerdo de mi persona con mayor indulgencia, aunque no estoy muy seguro de ello.

Una vez conozcas esos pormenores, decide si su divulgación puede hacerte menos insoportable la memoria de mis actos. Déjate guiar por tu corazón y obra en consecuencia.

Y ahora quiero expresar unas reflexiones finales acerca de mi vida. Solo a ti van destinadas.

Tú mejor que nadie sabes que durante muchos años creímos sinceramente que algo trascendental estaba a nuestro alcance: contribuir al establecimiento de comunicaciones verdaderas con el ámbito sobrenatural de los espíritus y brindarles a los hombres y mujeres de elevada conciencia esa posibilidad incomparable y maravillosa.

Nos creíamos exploradores avanzados en una nueva dirección que iba a cambiar por entero los horizontes y el sentido de la existencia humana tanto en la vida como en la muerte. Quizá, mi amor, equivocamos el camino o, peor aún, perseguimos una quimera. Tal vez sea demasiado pronto aún para tan decisivos cambios de horizonte. O acaso nunca vayan a producirse y las barreras entre muerte y vida sigan siempre levantadas.

Por decirte la verdad, ahora dudo de todo. Lejanos ya el entusiasmo y la ciega convicción de los primeros años, apenas conservo una débil esperanza en todo aquello que creíamos en nuestros días de mayor euforia.

Si se ha producido ya mi fin, quiero que sepas que emprendí el oscuro camino lleno no de temor, pero sí de incertidumbre.

No sé si tras mi muerte podré volver a ti de alguna forma, siquiera como un aliento en la madrugada. Con la desnuda sinceridad de estos momentos, temo que no será posible, mi bien amado. Y lo siento como una privación desoladora, la peor, la que más puede dolerme en esta hora y en todas las que me aguardan.

Sólo me atrevo a implorar a Lo Más Alto que nuestra separación no sea perpetua. Sólo pido que tú, mi auténtica Mujer en la verdad de la pasión y del amor, y yo, el fracasado, podamos reconocernos de nuevo alguna vez en las esferas sublimes que acaso habitemos como espíritus.

Yo, en esta noche triste, te expreso mi ilimitada gratitud porque tú, Mujer, me diste a conocer el amor, la suprema dicha de la vida.

Por siempre, eternamente si nuestros espíritus han de conocer la Eternidad, te amaré y te estaré agradecido, como lo hago ahora, como siempre hice desde que te conocí, Gabrielle. Gracias, Mujer, por existir. Tú iluminaste mi vida más que ninguna otra causa. Si éste ha de ser un adiós definitivo, que el Cielo y la Tierra lo consagren con las lágrimas que en estos momentos derramo.

Louis Bernard

Gabrielle llegó al final de la lectura con los ojos también anegados por el llanto. La intensidad de la despedida la había llevado a un estado de irrealidad. En aquellos instantes se sentía como si Bernard hubiese muerto. De haber sido cierto, difícilmente su ánimo habría podido llegar a un grado más alto de emoción.

Súbitamente, la voz de Edgar Nègre sonó recelosa y extrañada:

—¿Qué es lo que estás leyendo, Gabrielle?

Ella se volvió, con un grito ahogado. En su enorme aflicción, había descuidado todas las precauciones. Edgar llevaba ya algunos momentos observándola. Había visto también el sobre lacrado que reposaba en su regazo. El gesto con que ella pretendió ocultarlo se produjo demasiado tarde.

# 19 *En busca de otras pruebas*

—GABORIAU intentará crearnos dificultades y burlar una vez más a la justicia, Stassin —dijo el juez Savenay, que había llamado al inspector jefe con toda urgencia a su despacho—. Manipulará a su favor el conservadurismo de los estamentos, siempre reacios a iniciativas audaces, y las lagunas de la jurisprudencia. Su propósito es disfrazar a Bernard con una piel de cordero.

Stassin hizo una mueca de desdén.

—Los corderos no firman confesiones.

—Gaboriau le hará retractarse ante el tribunal. Dice que lo sometimos a una presión inicua.

—¡No se saldrá con la suya! Todo encaja: móvil, procedimiento, confesión...

Savenay hizo un ademán apaciguador.

—Para desbaratar todas sus maniobras y dejarlo en un silencio definitivo, sería menester que encontrara usted algún otro elemento de convicción que refuerce la elocuencia de la confesión escrita.

Stassin ironizó de nuevo:

—¿No es lo bastante expresiva? Pues le pediremos a Bernard que la redacte de nuevo, empleando, en vez de tinta, vino mezclado con estricnina.

El juez movió la cabeza como pidiendo mesura y astucia al inspector jefe.

—Se trata de evitar que Gaboriau convierta el proceso en un enjuiciamiento del sistema de investigación utilizado. Si queda la menor duda explotable, lo pondrá todo en entredicho para obtener la nulidad de la confesión de Bernard. Y usted quedará en el punto de mira.

Stassin reaccionó airadamente:

—¿Quién es el acusado: Bernard o yo?

—Gaboriau arremeterá contra usted para exculpar a Bernard. Se ensañará a fondo, no lo dude.

—No importa. Así me dará ocasión de defender públicamente mis ideas acerca de los nuevos retos de la investigación criminal.

—Le echará la opinión pública encima —advirtió el juez, para añadir con preocupación—: Incluso yo puedo verme salpicado. Además, la sala de audiencias no es lugar a propósito para defender ideas innovadoras. Sabe que también yo sostengo que la policía debe orientarse hacia técnicas de investigación más elaboradas. Por ello me presté a intervenir en alguna de las actuaciones previas. Pero no quiero que el tribunal se convierta en un foro de debate. Tal vez se limitó usted demasiado a la estrategia Kaplan. Ahí concentró todas sus esperanzas, olvidándose en exceso de otras líneas de investigación.

—Me jugué todo a esa carta, sí. Pero ¿acaso el desenlace no me ha dado la razón?

—Con Gaboriau no hay más razón que aquella que no admite réplica. Le sugiero que busque algo con que apuntalar la confesión de Bernard si no quiere exponerse a que su brillante labor quede gravemente en entredicho. Creo haberme expresado con la suficiente claridad.

Stassin quedó pensativo. Se había dado cuenta de que Savenay, sin duda influido por la sombra de Gaboriau, sería capaz de darle la espalda en los momentos decisivos para dejar a salvo su prestigio institucional. Tenía que contentarlo y evitar que el abogado pudiera neutralizar los resultados de su calculada estrategia. Al fin, apuntó:

—Tenemos un recurso a nuestra disposición. Algo nuevo, científico y quizá concluyente. Hasta ahora no había considerado necesario emplearlo en el caso Bresse, pero puede que usted tenga razón. No estará de más.

—¿De qué se trata? —preguntó el juez, interesado.

—De las líneas papilares.

—¿Se refiere a las impresiones dactilares?

—Exacto.

—Algún artículo he leído acerca de eso. Pero ¿es un medio demostrativo seguro?

—Así parece. Precisamente tenemos entre nosotros a un oficial de Scotland Yard que es técnico en la materia. Está convencido de que, con el tiempo, se impondrá en todas las policías del mundo.

—Las manchas de unos dedos no parecen argumento lo bastante sólido para fundamentar una condena.

—Depende de dónde aparezcan. Lo que aseguran quienes las han estudiado a fondo es que no hay en el mundo dos personas que tengan las líneas dactilares idénticas. De ser eso cierto, como método de identificación sería formidable.

—¿En calidad de qué está en París ese oficial de Scotland Yard?

—Como consultor interpolicial. Está adiestrando a algunos de nuestros hombres en los rudimentos de esa nueva técnica.

Savenay consideró atentamente aquella posibilidad.

—Seguro que cogeríamos desprevenido a Gaboriau. Lo malo es que no hay precedentes en la jurisprudencia. Nunca se han utilizado las huellas digitales como recurso probatorio en un proceso por asesinato.

—Alguna vez tiene que ser la primera. Y sería un espectacular remate a toda la actuación.

—De acuerdo, Stassin. Como juez instructor del caso, le ordeno que practique esa diligencia. Acaso por sí sola no sería lo bastante decisoria, pero como confirmación de lo confesado por Bernard sí tendrá fuerza suficiente. Adelante con ello.

—Tenemos la botella en que fue introducido el veneno. Es la pieza clave. Habrá huellas de Bresse y de alguno de nuestros agentes, pero estarán también las de Louis Bernard.

—Siempre y cuando las de los agentes no hayan quedado superpuestas a las del acusado, haciéndolas irreconocibles.

—Esperemos no tener tan mala suerte. Le tomaremos las huellas dactilares a Bernard y luego buscaremos otras iguales en la botella.

—Cuidado, Stassin. Eso equivaldría a poner sobre aviso a Gaboriau. El elemento sorpresa es esencial. Aunque lo de las huellas sea un procedimiento insólito, no debemos darle ocasión a preparar un contraataque.

—¿Qué podría alegar? —dijo Stassin, burlón—. ¿Que las huellas de Bernard aparecen en la botella a causa de la presión mental a que fue sometido? Absurdo. No le quedará más remedio que callarse.

—Eso es mucho suponer. Gaboriau sería hasta capaz de insinuar que se le dio a tocar la botella a Bernard después de su encarcelamiento para así sostener la inculpación.

—Si se atreviera a semejante canallada, se le incoaría causa por grave difamación de la policía. Es astuto: nunca se arriesgaría a tanto. Sabe que le costaría muy caro.

—En cualquier caso, es del mayor interés que el abogado no sepa que existe un segundo elemento probatorio hasta que el fiscal lo haga estallar en sus narices durante el proceso. Hay que evitar que disponga de tiempo para montar una contraofensiva legal.

—Entonces, en vez de tomarle las huellas directamente a Bernard, compararemos las de la botella con las de cualquier otro objeto que él haya tocado. Cualquiera servirá.

—Hágalo sin que Bernard sospeche nada.

—No llegará a enterarse, descuide. Hoy mismo le pediré esa demostración al hombre de Scotland Yard. Será muy interesante.

—Magnífico, Stassin. Consiga esa prueba y su éxito estará asegurado. Y si el abogado opone algo en la vista, el fiscal hará que se le tomen las impresiones dactilares a Bernard ante el tribunal y el caso quedará visto para sentencia.

EL BARÓN LATOUR se sentía doblemente engañado y, por tanto, herido en su orgullo por partida doble.

Por un lado, había sido una marioneta en manos del confidente Gaston Lombard. Toda su buena fe se había visto burlada. Eso le dolía en lo más vivo.

Pero más le indignaba todavía el doble juego de Louis Bernard. Lo había dejado en la denigrante tesitura de aparecer como el engañado mecenas de un homicida.

Lo creía culpable y, en los primeros días, tras su inesperada detención, se había decidido a abandonarlo a su suerte. Pero luego recapacitó. Si existía alguna posibilidad legal de que Bernard saliera bien librado, la había también para lavar su manchado honor de mecenas y salvar lo incómodo de su situación. No quería que su apellido quedara por siempre vinculado al de un ajusticiado por homicidio.

Así pues, enterado de que Gaboriau se proponía asumir la defensa de Bernard, vio una esperanza para sí mismo y resolvió intervenir.

A tal fin, se personó en el bufete del letrado. Su entrada fue contundente:

—Señor abogado, me tiene usted a su disposición en todo lo que pueda contribuir a la mejor defensa del pobre Louis Bernard.

Maurice Gaboriau acogió con disimulada satisfacción aquel ofrecimiento. Bernard no era un insolvente, pero el paso dado por el barón aseguraba una percepción de honorarios mucho más alta.

—Me congratula saber que el señor Bernard cuenta con buenos amigos, tan interesados como yo en que resulte absuelto.

—No repare en medios, Gaboriau. Todo lo que haga falta.

—No se regateará ni un solo esfuerzo, se lo garantizo. Además, su visita es muy oportuna, señor barón. ¿Podría usted dedicarme un poco de su tiempo?

—Cuente de antemano con todo el que sea necesario.

—Con dos horas será bastante. ¿Aceptaría acompañarme en la visita que voy a hacerle al señor Bernard esta mañana?

—De mil amores. Pero, permítame preguntarle, ¿con qué objeto?

—Con el de ayudarme a persuadir de una vez por todas a su amigo para que me nombre su representante legal en la causa.

Latour quedó estupefacto.

—¡Cómo! ¿No lo ha hecho aún?

—Todavía no ha expresado su conformidad final. Por eso recurro a su influencia sobre él.

—¡Vayamos cuanto antes! ¡No consentiré que Bernard arroje al mar las llaves de su salvación!

GABRIELLE NO PUDO EVITAR que Edgar Nègre echara una ojeada al conmovedor mensaje de despedida que Bernard había escrito para ella. Desde aquel momento, se abrió entre ambos una larga y obstinada pugna. Ella deploraba en lo más íntimo haber tenido el descuido por el que Edgar conoció la existencia de aquellos documentos. Había fallado en algo elemental, y eso la llenaba de desolación.

Edgar, por su parte, cerrando los ojos a los contenidos afectivos del texto, defendía una tesis concreta. Puesto que el mismo Bernard decía en su mensaje que el sobre lacrado contenía información acerca de pormenores desconocidos de la muerte de Henri Bresse, era preciso desatender su prohibición y, en su propio interés, abrirlo cuanto antes.

Gabrielle era del mismo parecer. Pero el hecho de que Edgar quisiera mezclarse en ello le impedía reconocerlo. A la deslealtad de desoír la solemne petición de Bernard no quería añadir la de hacerlo en presencia de Nègre. Su voluntad estaba bloqueada.

Edgar insistía una vez tras otra, con mayor firmeza en cada nueva ocasión:

—Yo asumo toda la responsabilidad, Gabrielle. Diré y juraré que he encontrado el sobre por un azar ajeno a tu voluntad y a pesar de tus precauciones, y que yo mismo, actuando por mi cuenta, he decidido abrirlo, sin tú saberlo, en beneficio de Louis. Tu lealtad quedará a salvo ante sus ojos.

—Pero no ante los míos, Edgar. Eso es lo que me paraliza.

—Olvida tu excesivo sentido del deber y piensa de manera práctica. Cualquiera que se encuentre en un trance como el de Louis puede cometer errores. Bajo los efectos de la ofuscación se toman decisiones erróneas, fatales, tanto más fatales cuanto más obstinadas son. ¡Quizá le prestemos un excelente servicio no haciendo caso de su prohibición! Abramos el sobre lacrado (yo mismo lo haré) y tienes mi palabra de que si encontramos algo que pueda aliviar su situación, yo presentaré el documento a la policía y haré valer sus elementos atenuantes.

Al fin, tras el largo forcejeo verbal que había durado casi toda la noche, Gabrielle anunció:

—Sea, vamos a hacerlo. Pero pongo una condición.

—La que quieras.

—Lo abriré yo. Y no en tu presencia. A solas. Y yo decidiré si lo que se guarda en el sobre tiene que ser utilizado ahora en su defensa. Si mi opinión es negativa, mantendré el secreto hasta que Blanche muera.

A Edgar Nègre no le gustó la propuesta.

—Estás demasiado cansada para soportar tú sola el peso de una decisión tan importante.

Ella se reafirmó en su idea con todas sus fuerzas:

—Quiero respetar su voluntad, siquiera en parte. Tengo derecho a pedírtelo. Y tú tienes que comprenderlo. Si hay algo que pueda ayudarle, sabré verlo tan bien como tú.

—Existen sutilezas legales que escapan a un primer examen. Y más aún si uno es profano.

—Los dos somos profanos en cuestiones procesales.

—Pero lo que uno no ve puede advertirlo el otro.

—No insistas, Edgar —dijo ella tajante—. Sólo del modo que he dicho aceptaré abrir el sobre ahora. Es mi última palabra.

Nègre tenía motivos para comprender que la voluntad de Gabrielle era firme. De nada serviría prolongar la discusión por más tiempo. Así pues, actuó con pragmatismo.

—Está bien. Como quieras. Hagámoslo a tu manera. Esperaré tu respuesta.

—Gracias, Edgar —dijo Gabrielle besándole fríamente en una mejilla, y se alejó con el sobre lacrado hacia otros aposentos.

Nègre sabía que si ella tomaba la decisión de no revelarle lo que ocultaba el sobre, él se quedaría sin posibilidad de averiguarlo. Un papel podía ser escondido en muchos lugares de la casa, o fuera de ella, o ser destruido tras haber pasado su contenido a la memoria. Con todo, pensó que aquello era preferible a que el sobre continuara cerrado para ambos.

Gabrielle reapareció a los pocos minutos. En su semblante se apreciaba una gran conmoción, a la vez que un alivio inmenso. Le entregó a Edgar el escrito que acababa de leer y le dijo:

—Por favor te lo suplico: lleva esto a la policía y trata de llegar a un compromiso de honor con el inspector Stassin. A ti te verá más neutral en este cometido. Que se respete la voluntad de Louis, pero que se ponga también fin a su calvario.

Nègre leyó el texto de Bernard casi sin respirar. Al concluir, decidió:

—Iré ahora mismo. No es justo que Louis se siga mortificando de esta manera. Te aseguro que sabré negociar un acuerdo favorable. Sólo se enterarán las personas interesadas. Se respetará la voluntad de Louis.

# 20 *Jules Stassin asesta el golpe final*

MIENTRAS Edgar Nègre se disponía a acudir a la policía, en su habitación de la Casa de Salud de Bauer y Raynal, Blanche Bernard murmuraba:

—Por favor, díganle que quiero verle, díganselo... cuanto antes. Que venga aquí hoy mismo, hoy...

—Tranquilícese, señora —repetía la enfermera que la acompañaba—. No debe agitarse.

—Llame al doctor Raynal. Ahora.

—No sé si está en la casa. Luego iré a ver.

—Vaya ahora, Louise. Por caridad.

—No puedo dejarla sola, señora.

—¡Qué más da! Vaya. Dígale que quiero hablar con mi esposo. Que le manden aviso enseguida.

—Un poquito de paciencia, señora Blanche. Todo se arreglará. Descanse.

—No podré descansar hasta que él venga.

Louise tenía instrucciones de disuadir a Blanche Bernard si la enferma manifestaba algún deseo de ser visitada por su marido. Pero no estaba preparada para hacer frente a una petición tan insistente. Al fin, fue en busca del doctor Raynal.

El alienista entró con expresión compungida en la habitación de Blanche y anunció:

—¡Cuánto lo deploro, señora Bernard. Su esposo partió anteayer para Londres! Dará allí una serie de conferencias sobre temas de su especialidad y luego seguirá viaje hasta Dublín con el mismo propósito. No me concretó la fecha de su regreso. Pero entendí que su gira por las islas iba a ser prolongada. Me encareció que, entretanto, la atendiésemos aquí del mejor modo posible. Usted, señora, sigue siendo la causa de sus mejores y más cariñosos desvelos.

Blanche no repuso nada ni esbozó lamento o protesta alguna. En aquellos instantes inició el silencio casi definitivo que iba a marcar, por el breve resto de su vida, su completa lejanía del mundo. No se le oyó decir palabra en los días que siguieron.

Sólo sus ojos, reflejo de su errática consciencia, parecían vislumbrar en la distancia la lejana sombra de su esposo.

—¡INSPECTOR, LOUIS BERNARD no envenenó a Bresse! —afirmó eufórico Nègre en cuanto un agente uniformado lo introdujo en el despacho de Stassin—. Estoy en posesión de un documento ológrafo que lo acredita explícitamente. Equivale a una nueva y decisiva declaración.

Stassin se lo tomó con calma.

—Por lo que veo, señor Nègre, no sólo los amigos, sino también los rivales, se preocupan por el destino de Bernard. Es encomiable. Pero me temo que no baste para diluir unas evidencias tan sólidas como las que poseemos.

—Le ruego que lea este texto con atención antes de pronunciarse. Ha sido encontrado entre los papeles de Louis. Arroja nueva luz sobre el caso y permite interpretar de manera adecuada la confesión que escribió tras su apresamiento.

Con actitud de curiosidad, más que de interés real, Stassin tomó las hojas que Nègre le tendía. Bajo la fija mirada del visitante, abordó su lectura.

> Si estás leyendo esto, amada mía, significa que Blanche ya no está en el mundo de los vivos. De lo contrario, no habrías roto los lacres.

El policía alzó la mirada y preguntó:

—¿A quién está dirigido este escrito?

—A Gabrielle Lahrier —repuso Nègre, embarazado.

—¡Ah, ya! —subrayó Stassin con punzante énfasis, y continuó leyendo.

> Quiero que ahora sepas la verdad en torno a la muerte del químico Bresse.

Cometí el torpe y grave error de comentarle a Blanche que el viejo químico había sido el autor de *Los desvaríos de la razón*. Eso la afectó sobremanera, mucho más de lo que yo podía prever o imaginar. Con el tiempo, y sin que me diera cuenta, el progreso de su enfermedad la llevó a incubar un resentimiento agudísimo contra Henri Bresse. Como una desdichada vengadora, ella fue quien, en la inconsciencia de su enajenación, propició la muerte de Bresse.

La policía nunca ha desmentido la primera versión: enconado forcejeo con un agresor, con resultado de un golpe fatal en la nuca. Pero tengo razones para pensar que los hechos se desarrollaron de otro modo. Seguramente la autopsia lo reveló, aunque las autoridades lo hayan ocultado. No se puede olvidar que Bresse tenía tóxicos y venenos en su laboratorio.

Blanche estuvo muchas horas fuera de casa el 16 de mayo. Volvió totalmente descompuesta y agitada. Nunca la había visto en tan penoso estado. Al día siguiente, asustada por la enormidad que había cometido, necesitó sincerarse y reconoció su culpa ante mí. No me quiso decir cómo lo había hecho, pero negó haber sostenido un forcejeo con el químico. Me aseguró que ni siquiera lo había visto. De ahí que yo crea que la verdadera causa de su muerte fue el envenenamiento.

Ella estaba horrorizada de su crimen. Su desesperación era indescriptible. Con todo mi dolor, me convencí de que decía la verdad. Nosotros conocíamos las señas de Bresse en la rue Caulaincourt desde hacía tiempo.

Le imploré y le supliqué que lo olvidara todo, puesto que ya no tenía solución posible. Le aseguré que ella no tendría que responder de nada, que su dolencia la exculpaba. Tras muchas horas, llegué a convencerla. Se aferró al olvido. Era lo único que podía apaciguarla. No obstante, la fortísima alteración sufrida precipitó su nueva crisis. Tuve que decidir su internamiento una vez más. Me temo que de éste ya no saldrá en lo poco que le queda de vida.

No di parte a las autoridades de la terrible verdad porque estimé que de nada serviría y, sobre todo, para evitarle a ella, en las tinieblas de su deteriorado estado mental, toda nueva angustia y el sufrimiento de tener que someterse a los inevitables exámenes e interrogatorios.

Quiero que muera en paz, en la difícil paz de su ánimo extraviado, que no ha de ser quebrantada por esta causa. Éste ha sido el último y más nefasto fruto de la decadencia psíquica a que yo la llevé sin quererlo años atrás, cuando la enfrenté a pruebas y vivencias para las que ya carecía de capacidad y de aguante.

Por tanto, lo único que puedo hacer ya por Blanche es evitar a toda costa que se vea inquietada en su internamiento.

La policía va tras mis pasos. Eso sólo puede deberse a que Blanche ha dicho algo en la casa de salud. Es más: deduzco que ella, tratando desesperadamente de liberarse para siempre de la angustia, me ha responsabilizado de la muerte de Bresse. Estoy seguro de que, en sus desvaríos, se ha convencido de que fui yo quien le quitó la vida al químico. Prefiero que así sea si ello contribuye a alejar el horror de su espíritu.

Por tanto, si el cerco de la policía sigue estrechándose en torno a mí, me declararé culpable de la muerte de Bresse hasta que Blanche llegue al fin.

Redactaré de mi puño y letra una admisión de culpabilidad que la deje a ella fuera de toda sospecha.

Luego, si nada irreparable me ocurre, daré a conocer la verdad. Habré utilizado en mi confesión una argucia de lenguaje. Me declararé *culpable* del asesinato de Henri Bresse, pero sin especificar de qué tipo de *culpabilidad* se trata. En su momento aclararé los hechos y quedará establecido que, por mor de las circunstancias, me refería tan sólo a una culpabilidad indirecta, moral, que asumo plenamente, pero que, sin duda, no me hará merecedor de condena en los tribunales de justicia. Ya responderé de ello ante el Tribunal más Alto.

Cuando llegue el momento en que decida entregarme, y en todo el tiempo de prisión a que me obligue la espera del fin de la desventurada Blanche, sentiré como un dolor físico tu lejanía, Gabrielle, mi amor, y en todas las horas te soñaré a distancia.

Louis Bernard

Stassin concluyó la lectura con un respingo despectivo.

—Muy bonito, pero no cuela. Su gesto de venir aquí con esta fantasiosa coartada le honra a usted, y mucho. Pero éste será el único resultado del intento.

Edgar Nègre se indignó.

—¡Cómo puede hablar así! Él ha reconocido ser *culpable*. Aquí se aclara todo: se trata de una discutible *culpabilidad moral* que él, siendo muy injusto consigo mismo, se adjudica. Eso no es motivo para que se le tenga ni un día más en prisión. Lo único que hay que procurar es que Blanche no sufra las consecuencias.

—Reconozco que la argumentación no carece de atrevimiento e ingenio. Incluso creo reconocer su autoría.

—¿A qué se refiere? —inquirió Nègre, perplejo.

—Esta fabulación tiene todo el aspecto de haber sido concebida por el abogado Gaboriau. Lleva su sello. Pero no hay nada que hacer: resultará ineficaz ante otras evidencias.

Nègre protestó:

—Yo no he tenido ningún contacto con Gaboriau. ¡Ni siquiera le conozco!

—El abogado tiene varios ayudantes, todos de su misma calaña. Se mueven con presteza y se multiplican para aplicar los ardides de su jefe. ¿Cuál de ellos se ha entrevistado con usted: Pinel, Descamps, Fouché? ¿O le envió un pasante de segundo orden?

—Lo que usted insinúa carece de base y de sentido.

—No estoy insinuando: afirmo.

—El texto que usted acaba de leer fue escrito por Louis Bernard días antes de prestarse a ser detenido. En prisión no podría haberlo escrito. Allí no dispone de esa clase de papel ni de tinta de ese color, es obvio.

—Mire usted: su ignorancia en materias delictivas y en los manejos de ciertos abogados le hace caer en la ingenuidad. No tiene ni idea de la cantidad de cosas que, muy a nuestro pesar, entran y salen furtivamente de las cárceles. Es necesaria cierta experiencia para advertir determinadas manipulaciones.

—El escrito fue depositado por Bernard en un lugar concreto antes de su arresto. No me cansaré de repetirlo. Si su única objeción es la que ha manifestado, ya encontraré una forma de rebatirla.

—¿Quién dice que ésa es mi única objeción?

—Usted sólo argumenta que el escrito ha sido redactado en la cárcel.

—De ninguna manera. Es sólo una de las posibilidades del fraude. Bernard pudo ponerse de acuerdo con Gaboriau antes de la detención y dejar el texto en el sitio adecuado para que posteriormente *apareciera* con todos los visos de autenticidad. O quizá Gaboriau no tuvo parte en ello. Bernard posee talento suficiente para urdir una fabulación como ésta. La cosa era salir del apuro con una *prueba* de efecto retardado y, por eso, supuestamente más persuasiva. Señor Nègre, quiero suponer que usted ha venido aquí de buena fe. No obstante, está siendo un juguete en manos de Bernard, de Gaboriau, o de ambos a la vez. Por no abundar en otro detalle: en el escrito, Bernard se dirige a Gabrielle Lahrier de una manera tierna y amorosa, lo que le deja a usted en una posición aún más desairada.

Nègre reaccionó como pudo:

—¿No demuestra eso que se trata de un mensaje íntimo, no destinado a ser dado a conocer públicamente? Louis le había prohibido a Gabrielle que abriera el sobre donde estaba en tanto Blanche siguiera viva.

—No sea cándido. Se trata de un toque astuto para hacer creer lo que usted acaba de decir. Mi consejo personal, si quiere oírlo, es que devuelva esos papeles a los agentes de Gaboriau, o a quien sea, y ponga su propia dignidad a salvo. De mí no saldrá que usted se ha visto envuelto en la intentona, le doy mi palabra. Todavía puede salir decentemente de todo esto. Por nuestra parte, cuando el amañado documento aparezca otra vez, ya sabremos cómo demostrar su carencia de veracidad.

En aquel instante, un funcionario subalterno entró en el despacho y pronunció unas palabras al oído de Stassin. El inspector jefe se levantó en el acto, diciéndole a Nègre:

—Le ruego que me disculpe unos minutos. Tengo que resolver una cuestión de importancia.

Stassin abandonó el despacho para encaminarse a una sala próxima, donde tres hombres lo esperaban. Eran Cornell Nicholson, el especialista de Scotland Yard en la nueva técnica de las huellas dactilares, y los dos suboficiales de la Sûreté que estaban siendo adiestrados por él.

El día anterior, al pensar en un objeto tocado por Bernard, Stassin se había acordado de la mesa en torno a la que había tenido lugar la exhibición de *Kaplan.* A petición del falso médium, Bernard, como los demás, había apoyado y presionado las manos sobre el tablero de la mesa. Nadie había vuelto a utilizarla desde aquella noche. Ni siquiera se le había quitado el polvo. La sala permanecía cerrada bajo llave desde entonces. Stassin recordaba perfectamente la posición que Bernard había ocupado. La comparación con las huellas de la botella podía llevarse a cabo bajo el mayor secreto. Y así se había hecho.

Nicholson, con gran satisfacción, dictaminó:

—El acusado señor Bernard es el autor material sin ningún género de duda. Sus huellas en la mesa coinciden con las de la botella envenenada. La comparación ha sido muy fácil. Las impresiones son extremadamente claras, no hay posibilidad de error. Hemos redactado ya el acta pericial. Aquí la tiene, junto con el croquis.

—Excelente trabajo, señores —dijo Stassin—. Esta verificación marcará un hito en la historia policial. Será la primera vez que, en Francia, las huellas digitales hayan ayudado a esclarecer un caso que, de otro modo, podría prestarse a alguna duda, aunque fuese remota. Les repito mi felicitación.

Estrechó las manos de los tres hombres y volvió rápidamente a su despacho, dispuesto a poner fin de inmediato a la inútil visita de Edgar Nègre.

—En resumidas cuentas —le dijo en cuanto entró—, su presencia aquí no tiene sentido. Todo ese juego de confesiones y contraconfesiones no lleva a ninguna parte. Hágaselo saber a quien corresponda.

Nègre todavía insistió en sus argumentos, pero Stassin no le prestaba atención. Se sentía en el cenit de la gloria. Releía el concluyente dictamen de Nicholson. Sabía que aquel documento iba a hacer época. De pronto, Stassin adviritió algo que había escapado a su atención hasta entonces. Examinó el croquis de la mesa. El inglés había marcado el lugar exacto de donde había tomado las huellas de Bernard. Lo consideró con suma atención. Se cercioró dos veces más. Recurrió a su excelente memoria. Al fin, su rostro cambió totalmente de exprensión.

—Señor Nègre, le alegrará oír que me veo obligado a darle la razón. Contrariamente a lo que yo pensaba, Louis Bernard es inocente. Decía la verdad cuando afirmaba no ser el envenenador de Henri Bresse.

Sorprendido por la mudanza del inspector, pero mostrando satisfacción, Nègre dijo:

—¡Cuánto celebro que lo vea usted así! Me alegro muy de veras. Y también de que comprenda que no he venido aquí a intoxicar con textos amañados. Ahora, lo único que importa, y se lo pido encarecidamente, es evitarle a Blanche todo trastorno emocional.

—A ella no se la molestará. No hay ningún motivo para hacerlo.

Nègre no salía de su asombro.

—Veo que el objetivo de mi visita se ha logrado más plenamente aún de lo que yo esperaba.

—Y más también de lo que esperaba yo mismo —dijo Stassin—. Su visita ha sido un modelo de oportunidad. Gracias a ella, puedo decirle que queda usted detenido como presunto autor material de la manipulación del vino que causó la muerte de Henri Bresse. Su ingreso en prisión se producirá de inmediato.

Stassin fue enseguida hasta la puerta para ordenar a dos de sus hombres que detuvieran a Edgar Nègre. El nuevo acusado cerró los ojos cuando sintió las esposas en sus muñecas. Tenía la impresión de estar cayendo en un profundo abismo que se había abierto a sus pies cuando menos lo esperaba. Se sintió súbitamente mareado y no tuvo fuerzas siquiera para esbozar una protesta de inocencia.

Nègre no sabía qué lo había delatado. Pero pensaba que tenía que ser algo imprevisible. Recobrada a duras penas la calma, consideró que era mejor guardar silencio. No diría una palabra hasta estar asesorado por un abogado. Así, calladamente, el auténtico y único culpable de la muerte de Henri Bresse inició el camino del encierro.

## 21 *La oculta sinrazón de un crimen*

EL sorprendente cambio de acusado en el caso Bresse y las causas que lo habían propiciado determinaron que Gaboriau perdiera su interés por el asunto.

No obstante, movido por la curiosidad profesional, el criminalista accedió a visitar a Edgar Nègre en prisión después de que éste se lo solicitara con gran insistencia.

Aunque se sabía expuesto a una gravísima condena, Nègre albergaba esperanzas. La de ser defendido por el hábil Gaboriau era la mayor de todas. Confiaba en que el abogado, con su incisiva retórica y sus artimañas, haría prosperar la cualificación del hecho como crimen involuntario o, mejor aún, fortuito, además de ingeniárselas para revestirlo con toda clase de atenuantes. Esperaba, en suma, salir relativamente bien librado del proceso.

—Todavía no he hecho ninguna declaración formal ante el juez —le dijo Nègre a Gaboriau al comienzo de la entrevista, a la que también asistió, silencioso, Jean Pinel—. No parece que tengan mucha prisa en tomármela.

—Se saben en posesión de una prueba que habla por sí sola —dijo Gaboriau.

—Esa prueba la obtuvieron a causa de un error —dijo Nègre con una mueca—. ¿Lo sabía usted?

—Sé que apareció inesperadamente.

—Convencidos de que era Bernard quien había manipulado el vino de Bresse, quisieron comparar las malditas huellas dactilares de la botella con las que él había dejado en la mesa de la sesión ficticia. Pero los expertos se equivocaron y tomaron las mías, contiguas a las de Louis Bernard. Stassin se dio cuenta mientras hablaba conmigo. Las impresiones de la botella coincidían no con las de

Bernard, sino con las mías. Si las hubieran tomado de cualquier otro mueble u objeto que él hubiera tocado sin estar yo presente, sólo habrían comprobado que las de la botella no eran suyas, sin verme yo complicado. De mí no se sospechaba. Stassin me lo ha reconocido. No me negará usted que es un caso de verdadera mala suerte.

—Sí, puede hablarse de casualidad imprevista, de evidencia conseguida a partir de un error. Pero eso no debilita su valor probatorio. Más bien lo acentúa.

—Ya me doy cuenta. Sin embargo, eso no me convierte lisa y llanamente en un homicida intencionado.

—La calificación de su delito presenta mucha complejidad —dijo Gaboriau, más bien apático; su pérdida de interés por el caso le hacía estar en una actitud muy distinta de la que tenía ante sus verdaderos defendidos.

—Yo no deseaba la muerte de Bresse, lo juro. Murió a consecuencia de un golpe que él mismo se dio en la nuca al caer.

—Como resultado de los espasmos y convulsiones provocados por la ingestión del veneno.

—De acuerdo. Pero eso no fue un acto voluntario, sino una consecuencia accidental.

—Ese carácter accidental no lo exime a usted. Lo siento, pero creo que mi deber es hablarle claro.

—No me hago excesivas ilusiones. Sin embargo, espero que se tendrá en cuenta que por la sola acción del veneno Bresse no hubiese muerto. Habría pasado unas horas con sensaciones de agonía, eso sí, pero nunca con resultado fatal.

—A partir de ciertas dosis, eso es difícil de discernir. El resultado de la autopsia no es terminante: el dictamen admite las dos posibilidades, pero se inclina por la tesis de que Bresse ya estaba casi muerto cuando se golpeó.

—De haber querido acabar con él, hubiese utilizado una dosis mayor. El vino fue analizado. Es un dato en el que podemos apoyarnos.

—El fiscal dirá que la dosis no fue mayor para que Bresse no notara el sabor del veneno en el vino. Era un experto en tóxicos. Los argumentos pueden manejarse de muchas maneras.

—Sé que usted encontrará la más favorable.

Gaboriau no se dio por aludido. En lugar de ello, preguntó:

—Dosis aparte, ¿qué le impulsó a atentar contra la salud de Bresse?

—¡Eso es! Sabía que usted daría con la denominación conveniente —exclamó Nègre poniendo mejor cara—. No intento de homicidio, sino atentado contra la salud. Perfecto, Gaboriau

—Los tribunales no aceptan todas mis calificaciones. Sólo las que pueden ser defendidas a ultranza.

—Con su capacidad profesional, ésta puede serlo.

—No me comprometo aún a ello. Dígame, ¿por qué su animadversión hacia Henri Bresse?

Nègre se concentró un momento. Luego dijo:

—Representaba lo que siempre más he detestado: la suficiencia altiva y burlona de los hombres de ciencia convencionales, aferrados a sus estrechas convicciones, incapaces de ver más allá de sus pruebas y mediciones. Las leyes que rigen los fenómenos espirituales son en extremo sutiles y complicadas, no se prestan a la experimentación material que se practica en talleres y laboratorios. Hay en nosotros profundidades que se manifiestan a través de lo ultrafísico. Bresse encarnaba la obcecación negativa, el escepticismo intransigente, el desdén más agresivo contra todo lo que excede del mero ámbito de la materia. ¡Existen cosas que los científicos como él ni siquiera sospechan! En *Los desvaríos de la razón* se hablaba de Bernard y de lo sucedido con Blanche, pero también se atacaba toda búsqueda de lo trascendente a través de la teosofía y la metapsíquica. Bresse quiso denigrarnos a todos nosotros, a los que hemos dedicado nuestra vida a la más prometedora, y también la más dura y difícil, de las investigaciones. Contra nuestros estudios se alzan muchas prevenciones y prejuicios. Hasta cierto punto, es comprensible. Todavía hay mucha ignorancia con respecto a nuestros fines. Muchos nos han atacado de palabra y por escrito, pero nadie lo ha hecho con la saña de Bresse. Conductas como la suya siembran la confusión y retrasan el advenimiento de la nueva era. Él fue un enemigo del avance de la humanidad hacia las esferas superiores del conocimiento.

—Entiendo sus razones, señor Nègre. Con todo, me parecen insuficientes para justificar un envenenamiento. A propósito, una curiosidad: ¿cómo sabía usted que Bresse había sido el autor de *Los desvaríos de la razón*? ¿Se lo dijo Louis Bernard?

—No. Lo comprobé yo mismo a través de un estudio estilístico de la escritura. Yo nunca creí que el autor del repulsivo artículo fuera un *hombre de letras,* como se había rumoreado. Presentía tras aquella pluma a un fanático de la ciencia materialista. En realidad, sospechaba que era Bresse. Reunía todas las características. Sometí a examen muchos de sus artículos científicos y de opinión. En estos últimos empleaba el estilo y la manera de adjetivar presentes en *Los desvaríos de la razón.* Al fin, ya no me cupo duda: él era el *enemigo.*

—Demostró usted perspicacia, ciertamente. Pero sus motivaciones no están aún claras. Usted parece un hombre equilibrado. Entonces, ¿por qué arriesgarse tanto y llegar tan lejos por unas argumentaciones, desaforadas si quiere, que podían ser rebatidas o puestas en entredicho de muchas otras maneras?

—Voy a decírselo todo, Gaboriau. Es lo lógico, puesto que le voy a confiar mi defensa. Bresse no había terminado sus agresiones con la escritura del artículo. Eso sólo fue el principio. Quería convertirse en el gran perseguidor de lo que él consideraba *la plaga del ocultismo.* Después de jubilarse, se había entregado casi de lleno a esa tarea. En secreto, pero no lo bastante como para que no se supiera. Recogió mucha información y tomó parte, con otro nombre, en varias sesiones mediumnímicas fallidas. El mundo del espiritualismo está también contaminado por el fraude y la superchería. Yo siempre he combatido las prácticas engañosas y el pernicioso influjo de las imposturas. Pero de eso a pretender que todo el movimiento de las ciencias del espíritu se apoya sólo en mentiras e ideas demenciales, media un inmenso abismo. Pues bien, eso es lo que intentaba demostrar Bresse, tomando sólo lo falso y lo abusivo, que lo hay, para desencadenar un ataque contra la totalidad de nuestras teorías. Hubiese causado mucho daño. Una gran parte de la gente cree a pie juntillas lo que dicen los representantes de las ciencias físico-químicas, como si fueran los nuevos apóstoles de la era moderna. Había que detener de algún modo esa amenaza. Cuando fui aquella mañana a la casa de Bresse, busqué y encontré todo el material que había reunido para un libro que iba a llamarse *La voz de la ciencia contra la locura de la superstición.* Era abominable, pura basura. Tras hojearlo con asco en un lugar seguro, lo destruí.

—¿Le mencionaba a usted en alguno de los capítulos?

—Sí. Me catalogaba entre los charlatanes o, por aún, entre los débiles mentales que se dejan arrastrar por credulidades pueriles.

—¿Cuál fue su reacción al tener noticia de que Bresse había muerto?

Nègre se tomó unos instantes antes de dar respuesta:

—Pensé que el desenlace era excesivo. Pero mentiría si dijese que lo lamenté mucho. Tal vez había sido yo el instrumento de un designio superior. Entré en la casa sin más intención que apoderarme del material del libro. Lo de poner la estricnina en el vino surgió, por así decir, sobre la marcha. Era una botella recién empezada. El veneno estaba en el laboratorio, perfectamente identificado y al alcance de mi mano. Decidí que una convulsión estomacal lacerante le estaría bien empleada a Bresse. Luego, ocurrió lo que ocurrió. Llámelo fatalidad si quiere —concluyó Nègre encogiéndose de hombros.

—¿Nunca pensó en entregarse?

La respuesta fue inmediata:

—¿Para qué? Yo no iba a causar daño a ninguna otra persona. Mi acción había tenido un carácter único, excepcional. El hecho de que yo permaneciese en libertad no constituía una amenaza para nadie. El suceso no iba a repetirse. Por tanto, dado que la defunción de Bresse era algo sin remedio, ¿en qué iba a beneficiarse la sociedad por mi condenación? En nada. Todos los años quedan sin resolver cientos de casos, y la vida sigue su curso. Ningún indicio me relacionaba con el hecho. Mi impunidad parecía asegurada.

—Curiosa visión. Según ella, todas las personas que causan una muerte y sólo una deberían quedar al margen de toda condena. No me tengo por moralista ni nada parecido, más bien se me acusa de lo contrario, pero el suyo es un razonamiento viciado de raíz. Será mejor que no lo repita en presencia del juez. No le favorecería.

—Yo demostré no carecer de ética —protestó Nègre—. Hice todo lo posible por evitar que otro fuese injustamente condenado. ¡Hasta el último momento estuve luchando para liberar a Louis Bernard! Supongo que esto será tenido en cuenta.

Gaboriau hizo un gesto de duda.

—Puede verse como una conducta cínica, encaminada a alejar de usted toda sospecha y no a beneficiar a Bernard. Están, además, las implicaciones sentimentales. Seguro que el fiscal se referirá a las antiguas relaciones entre Bernard y Gabrielle Lahrier. Eso puede empeorar las cosas.

—Las cuestiones sentimentales no tienen relación con lo que estamos hablando —protestó Nègre—. Es materia aparte. No hay que mezclar conceptos.

Gaboriau y Pinel intercambiaron una mirada. Luego, el abogado preguntó:

—Dígame con sinceridad: ¿creía usted que el escrito de Bernard surtiría efecto ante la policía?

Nègre respondió demasiado rápidamente para que su afirmación sonara enteramente veraz:

—Sí, desde luego. Claro. Tenían que entrar en razón.

—Bien. Creo que ya me he formado una idea global, señor Nègre.

El aludido se puso tenso y solemne.

—Le pido formalmente que se encargue de mi defensa. No dispongo de rentas elevadas, pero allegaré los fondos necesarios. Sé que no podría ponerme en manos mejores que las suyas.

—Su confianza me hace honor. Seguiré estudiando el caso desde todos los ángulos, y en unos días tendrá usted mi respuesta.

—¿Puedo esperar que será afirmativa?

—No tendría nada de extraño.

Nègre cogió las manos del abogado.

—Gracias, Gaboriau. Gracias de verdad. Es una gran suerte poder contar con alguien de su talla en momentos de tanta adversidad.

Mientras abandonaban el recinto carcelario, Gaboriau y su ayudante Pinel, a salvo de oídos indiscretos, tuvieron un cambio de impresiones.

—¿De veras va a aceptar la defensa de Edgar Nègre?

Gaboriau esbozó una sonrisa irónica.

—¿Usted qué cree, Pinel?

—Que no.

—Ha acertado. Un franco de recompensa.

—¿Sólo uno? —siguió bromeando el ayudante.

—Era fácil, ¿no?

—Sí, bastante.

—El abogado que lleve el caso Nègre sólo podrá conseguir que la pena sea ligeramente inferior a lo previsible. Y eso en el mejor de los casos. No me interesa. Por simple cuestión de prestigio, dejaremos que se sepa que Nègre quiere que lo defienda yo. Será propaganda de balde. Luego, rechazaré el caso.

—Las motivaciones de Nègre no están muy claras, desde luego.

—O lo están demasiado. Puede que odiara a Bresse con toda el alma, pero quizá sus cálculos incluían también a Gabrielle Lahrier. Nègre confiaba en que pronto se sabría que el autor de *Los desvaríos de la razón* era Bresse. Quizá él mismo habría contribuido a ello, anónimamente, claro. Eso haría que las sospechas recayeran sobre Bernard. Pero las cosas se le facilitaron. La autoinculpación de su rival era mucho más de lo que había esperado. Si Bernard resultaba condenado después de haber fingido él que se esforzaba en salvarlo, Nègre se aseguraba, si no el amor, la gratitud perpetua de Gabrielle. Tal vez entonces la habría tenido definitivamente junto a sí, aunque Bernard proyectara su sombra desde la cárcel o desde el más allá.

—En cambio, lo que ha conseguido es perderla para siempre.

—Mal asunto para la defensa, muy malo. Para nosotros, caso concluido. No me gustaría pasar a la historia como el primer abogado derrotado por las huellas dactilares en un proceso criminal. Le cedo ese *honor* a quien quiera aceptarlo.

EL FRUTO MÁS INMEDIATO que la liberación le dio a Louis Bernard fue permitirle seguir los dictados de su conciencia y acompañar a Blanche durante sus últimos días.

Se le dijo a la enferma que su esposo había regresado anticipadamente de Londres para estar junto a ella. Blanche nunca llegó a saber ni sospechar nada de lo vivido por Louis Bernard en los días anteriores. Había olvidado todas sus figuraciones patológicas relativas al homicidio de Bresse. No recordaba haberle dicho a Bernard, después de que conoció la noticia por la prensa, que era ella quien había provocado aquella muerte. Tampoco guardaba memoria de haber confundido alucinaciones con realidades al hablar del inexistente somniloquio de su esposo. Incluso la existencia de Henri Bresse y su trágico fin habían quedado definitivamente excluidos de su mente.

Su lento camino hacia la desaparición física se vio acompañado por una creciente paz de espíritu. No significaba ni equivalía a una curación de su profundo extravío, pero dotó la última etapa de su vida de un sosiego desconocido en los años anteriores.

La dedicación de Louis Bernard al cuidado de Blanche fue, al decir de quienes pudieron observarla, constante y abnegada. Hasta el último instante, cumplió con la misión reparadora a la que se sentía obligado.

Gabrielle, por su parte, trató de alentar y confortar a Edgar Nègre. Sus sentimientos estaban totalmente orientados hacia Bernard, como siempre lo habían estado, pero observó el comportamiento que se podía esperar de la compañera de un hombre caído en desgracia.

La acción cometida por Nègre le inspiraba horror, pero también sentía compasión y una muy remota forma de indulgencia ante aquel patético ejemplo de la sinrazón humana.

No obstante, los impecables comportamientos de Bernard y Gabrielle durante todo aquel período no impidieron que en encuentros secretos y esporádicos consumaran los impulsos que irresistiblemente los atraían. Ni el mayor infortunio hubiese podido anular la intensidad del amor que entre ambos existía.

Ella le reprochó una sola vez que no le hubiera confiado toda la verdad desde el primer momento. Bernard le dijo que habría acabado revelándosela para calmar su inquietud. Pero que había actuado de aquella manera por miedo a que Gabrielle se dejara llevar por el deseo de poner fin a su encarcelamiento y antepusiera su libertad al bienestar final de Blanche, pensando que el sacrificio era desmesurado. Ante la duda, Bernard decidió preservar de toda nueva angustia al más débil de los tres. Su complejo de culpa con respecto a Blanche influyó, una vez más, en su difícil elección.

Los sobres y sus mensajes tenían sólo el objeto de evitar que Gabrielle se quedara sin conocer su versión de los hechos, en el caso, poco probable pero no imposible, de que él muriera repentinamente durante el tiempo de espera en prisión.

Gabrielle comprendió las razones de Bernard y se lo demostró con un prolongado abrazo. No necesitaron hablar más.

# 22 *Paisaje último*

NINGÚN abogado de primera categoría aceptó la defensa de Edgar Nègre. Tras haberla rehusado Gaboriau, Gabrielle acudió a otros letrados, los que le seguían en experiencia y habilidad. Todos se negaron. Ni uno solo de ellos quiso intentar la invalidación de las huellas dactilares como prueba fehaciente, única posibilidad de obtener un éxito sonado. Comprendieron que era inútil oponerse a aquel nuevo logro de la investigación criminal, llamado a generalizarse e imponerse en todo el mundo a partir de la primera década del nuevo siglo.

Finalmente asumió el encargo un veterano jurista, ya al final de su carrera, en pleno ocaso. Como Gaboriau y sus principales colegas habían vaticinado, sólo pudo conseguir una ligera disminución de la severa pena de reclusión postulada por el ministerio fiscal.

Durante el proceso, Edgar Nègre se mantuvo relativamente sereno. Su estampa, sin embargo, era la de un vencido. El juicio levantó un gran revuelo, centrado sobre todo en las implicaciones sentimentales del caso. El anciano abogado no pudo evitar la influencia negativa de la opinión pública en el veredicto final.

Blanche Bernard dejó el mundo en la paz de su último limbo mental, sin darse cuenta de que moría. En sus últimos días le expresó un emocionado agradecimiento a Louis Bernard, que no se separó de su cabecera, prodigándole siempre palabras confortadoras.

El barón Latour, profundamente desengañado, y presionado más que nunca por su entorno familiar y social, dejó de sostener a la Sociedad de Estudios Metapsíquicos, lo que significó su disolución casi inmediata. No tomó, empero, esa decisión sin antes consultar con Bernard. Cuando éste le comunicó que continuaría con su dedicación a la metapsíquica de manera estrictamente personal, ya no dudó más.

La policía le reembolsó al barón los 300 francos que le había entregado a Gaston Lombard al comienzo de la treta urdida para verificar si Louis Bernard era culpable de homicidio. Latour destinó esa pequeña suma a obras de beneficencia.

Confirmada ya definitivamente la reclusión de Edgar Nègre, Gabrielle abandonó el Centro Teosófico, cuyos trabajos, tras un período de inactividad y un cambio de nombre social, prosiguieron con otras personas al frente.

Sacha Kairnes, *El Mago,* continuó por algún tiempo con sus manejos habituales. Luego, mediado el segundo año de la recién inaugurada centuria, se retiró de la Hermandad y no volvió a oírse hablar de él. Algunos testigos informaron años después que se había instalado en Suramérica, donde vivía a cuerpo de rey como supremo jerarca de una extraña secta que mezclaba elementos del ocultismo europeo con ritos y supersticiones autóctonas. Este hecho nunca fue confirmado de manera concluyente.

Jules Stassin obtuvo una aureola de ambiguo prestigio y fue objeto de grandes alabanzas, a la vez que de agrias censuras, tanto dentro como fuera de la policía, por su actuación en el caso Bresse.

Esa controvertida notoriedad no le facilitó el rápido ascenso policial que esperaba. Cuando Herbau dejó la subprefectura por razón de edad, no fue Stassin el llamado a ocupar el cargo vacante. Se le confiaron misiones de importancia, pero su buena ejecutoria en la mayoría de sus responsabilidades no le sirvió para alcanzar ningún ascenso relevante.

Años más tarde, descorazonado por su estancamiento en la carrera policial, dejó el cuerpo y fundó una agencia privada de detectives, que pronto conoció renombre gracias a sus eficaces servicios en toda Francia.

Cuando los ecos del proceso de Edgar Nègre se fueron apagando, Gabrielle Lahrier y Louis Bernard emprendieron lo que sería ya su definitiva vida en común.

Permanecieron algunos años en París, llevando una existencia sin ninguna proyección pública. Más tarde se trasladaron al sur, donde fijaron su residencia. Allí vivieron de manera anónima y reservada casi hasta el fin de sus vidas.

Sus restos yacen hoy en París, en un mismo sepulcro, unidos en la postrera comunión del polvo.

Juntos en la muerte están, como era su deseo. Y quizá no en la tumba solamente.

*Índice*

## Colección GRAN ANGULAR

1 / *Jean-Claude Alain,* **Los muchachos de Dublín**
3 / *Eve Dessarre,* **Danièle en la isla**
7 / *Luce Fillol,* **María de Amoreira**
8 / *Ch. Grenier-W. Camus,* **Cheyenes 6112**
10 / *John R. Townsend,* **El castillo de Noé**
11 / *William Camus,* **Un hueso en la autopista**
14 / *Jan Terlouw,* **Invierno en tiempo de guerra**
15 / *María Halasi,* **Primer reportaje**
16 / *André Massepain,* **Los filibusteros del uranio**
17 / *Lucía Baquedano,* **Cinco panes de cebada**
18 / *Rosemary Sutcliff,* **Aquila, el último romano**
19 / *Jordi Sierra i Fabra,* **El cazador**
20 / *Anke de Vries,* **Belledonne, habitación 16**
21 / *Willi Fährmann,* **Año de lobos**
23 / *María Gripe,* **El abrigo verde**
24 / *W. Camus-Ch. Grenier,* **Una india en las estrellas**
26 / *Willi Fährmann,* **El largo camino de Lucas B.**
29 / *Thea Beckman,* **Cruzada en «jeans»**
30 / *Jaap ter Haar,* **El mundo de Ben Lighthart**
31 / *María Gripe,* **Los escarabajos vuelan al atardecer**
32 / *Jordi Sierra i Fabra,* **...En un lugar llamado Tierra**
33 / *Anke de Vries,* **El pasado quedó atrás**
34 / *Carmen Kurtz,* **Querido Tim**
36 / *Montserrat del Amo,* **La piedra de toque**
38 / *María Gripe,* **El rey y el cabeza de turco**
40 / *María Gripe,* **Agnes Cecilia**
44 / *Käthe Recheis,* **El lobo blanco**
47 / *María Gripe,* **La sombra sobre el banco de piedra**
49 / *María Gripe,* **El túnel de cristal**
51 / *Forrest Carter,* **La estrella de los cheroquis**
52 / *Lensey Namioka,* **En el pueblo del gato vampiro**
54 / *Fernando Lalana,* **El zulo**
55 / *Carlos-Guillermo Domínguez,* **Atacayte**
56 / *Alfredo Gómez Cerdá,* **La casa de verano**
58 / *Jordi Sierra i Fabra,* **Regreso a un lugar llamado Tierra**
62 / *José Luis Martín Vigil,* **Habla mi viejo**
64 / *Albert Payson Terhune,* **Lad, un perro**
67 / *Montserrat del Amo,* **La encrucijada**
68 / *Jordi Sierra i Fabra,* **El testamento de un lugar llamado Tierra**
69 / *Helen Keiser,* **La llamada del muecín**
70 / *Lene Mayer-Skumanz,* **Barro entre las manos**
74 / *Leonor Mercado,* **Cuaderno de bitácora**
75 / *Carlos-Guillermo Domínguez,* **Sosala**
76 / *Anke de Vries,* **Cómplice**
77 / *Jordi Sierra i Fabra,* **El último verano miwok**
79 / *Jordi Sierra i Fabra,* **El joven Lennon**
81 / *Isolde Heyne,* **Cita en Berlín**
82 / *Juan M. San Miguel,* **Alejo**
83 / *Federica de Cesco,* **El caballo de oro**
84 / *María Gripe,* **Aquellas blancas sombras en el bosque**
86 / *Jan Terlouw,* **Barrotes de bambú**
87 / *John Hooker,* **El capitán James Cook**
88 / *Carlos Villanes Cairo,* **Destino: la Plaza Roja**
90 / *Miguela del Burgo,* **Adiós, Álvaro**
91 / *Andy Tricker,* **Voy a vivir**
92 / *Thomas Jeier,* **El apache blanco**
94 / *Urs M. Fiechtner,* **Historia de Ana**
95 / *Fernando Lalana y Luis Puente,* **Hubo una vez otra guerra**
96 / *Rodrigo Rubio,* **La puerta**
97 / *Alfredo Gómez Cerdá,* **Pupila de águila**
99 / *Liva Willens,* **A veces soy un jaguar**
100 / *Jordi Sierra i Fabra,* **La balada de Siglo XXI**
102 / *Fernando Lalana,* **Morirás en Chafarinas**
103 / *Gemma Lienas,* **Así es la vida, Carlota**
104 / *Josep Francesc Delgado,* **Las voces del Everest**
105 / *Emili Teixidor,* **El soldado de hielo**
106 / *Carlos Villanes Cairo,* **Retorno a la libertad**
107 / *Sheila Gordon,* **¡Ni una hora más!**
108 / *Alice Vieira,* **Úrsula**
109 / *María Gripe,* **Carolin, Berta y las sombras**
110 / *Juan M. San Miguel,* **Cerco de fuego**
112 / *Carlos Puerto,* **Akuna matata**
114 / *Sigrid Heuck,* **El enigma del maestro Joaquín**
115 / *Francesc Sales,* **Diario de Alberto**
118 / *Maite Carranza,* **La selva de los arutams**
119 / *Joan Manuel Gisbert,* **La frontera invisible**
120 / *Peter Dickinson,* **Mi madre es la guerra**
121 / *Nicole Meister,* **La historia de Mon**
122 / *Mette Newth,* **Secuestro**
123 / *Werner J. Egli,* **Tarantino**
125 / *Manuel Alfonseca,* **Bajo un cielo anaranjado**
126 / *Mercè Canela,* **Partitura para saxo**
127 / *Xavier Alcalá,* **Contra el viento**
128 / *Gillian Cross,* **La hija del lobo**
130 / *José Luis Velasco,* **El guardián del paraíso**
131 / *Mecka Lind,* **A veces tengo el mundo a mis pies**
132 / *Joachim Friedrich,* **El tango de Laura**
133 / *Lola González,* **Brumas de octubre**
134 / *Jordi Sierra i Fabra,* **Malas tierras**
135 / *Nina Rauprich,* **Una extraña travesía**
136 / *Gillian Cross,* **Nuevo mundo**

## Edición especial